陈年旧事

叶兆言 著

译林出版社

图书在版编目（CIP）数据

陈年旧事 / 叶兆言著．—南京：译林出版社，2024.1（2024.10 重印）
（叶兆言作品系列）
ISBN 978-7-5447-9219-6

Ⅰ．①陈…　Ⅱ．①叶…　Ⅲ．①散文集－中国－当代　Ⅳ．①I267

中国国家版本馆 CIP 数据核字（2023）第 242429 号

陈年旧事　叶兆言 / 著

责任编辑　刘帆帆　焦亚坤
装帧设计　胡　苨
校　　对　李　娟
责任印制　闻媛媛

出版发行　译林出版社
地　　址　南京市湖南路 1 号 A 楼
邮　　箱　yilin@yilin.com
网　　址　www.yilin.com
市场热线　025-86633278
排　　版　南京展望文化发展有限公司
印　　刷　江苏凤凰新华印务集团有限公司
开　　本　850毫米 ×1168毫米　1/32
印　　张　7.875
插　　页　2
版　　次　2024 年 1 月第 1 版
印　　次　2024 年 10 月第 2 次印刷
书　　号　ISBN 978-7-5447-9219-6
定　　价　59.00 元

前　言

多少年来，习惯了被人称为小说家。什么是小说家呢，就是一个喜欢编故事的家伙，成天胡思乱想，同时用文字把思想固定下来，接二连三地在杂志上发表，出版社出书，然后便在小说家的椅子上坐实了。上世纪八十年代开始，断断续续一直在写，不温也不火，好歹都是坚持，转眼三十多年，蓦然回首，著作未曾等身，也已经有了几百万字。

于是开始写些非虚构的文字，说是散文也好，说是随笔也行，不紧不慢又出过几本书。我是个喜欢动笔的人，写什么都觉得津津有味，都能自得其乐。在非虚构的作品中，先有了一本《杂花生树》，然后又有了《陈旧人物》和《群莺乱飞》。似乎还受大家欢迎，常常有读者提到。

本书的体例与《陈旧人物》大致相同，当作续集也未尝不可，无非说说过去的人，谈谈过去的事。以人叙事，以事论人，不同的只是每篇篇幅略短，但范围更广，内容不再局限于文化人，政治和军事都有所涉及，曾在《南方都市报》连载。

今夜月明人尽望，不知秋思落谁家，怀旧是人生难免的一种情绪，陈年旧事说过去就过去。本书二〇一三年由中信出版社出版，版权已到期，现在收入译林出版社的这套非虚构文集。

二〇一八年十二月十五日　下关三汊河

目 录

陈三立
虎子无犬父

一九〇〇年注定不安分，中国北方正闹着轰轰烈烈的义和团，有位老公子哥不得志很郁闷，冷冷清清地来到南京，打算在这里定居养老。南京这地方从来不适合韬晦养志，任你是个什么人物，灯红酒绿的秦淮河边一住，革命也就基本到头。

这位老公子哥便是散原老人陈三立，说他老，此时四十九岁，按照古人标准，五十初度，是知天命的岁数，确实没多少年折腾了。说公子哥，他是晚清著名的“维新四公子”之一。两年前戊戌变法，出身名门的四位公子，呼风唤雨何等风光，不曾想风云突变，维新人士成了康梁乱党，“四公子”之一的谭嗣同押往菜市口砍头，其他三位没掉脑袋已算幸运。

春归秣陵树，人老建康城，既然政治不好玩，会丢了身家性命，散原老人开始全心全意地玩文学，玩纯文学。当时的文坛，说白了就是诗坛，小说是标准的俗文学，给下里巴人的老百姓看，士大夫和文人看重的还是有传统的诗歌。谁在诗坛上最牛，谁就能执文坛之牛耳，汪辟疆的《光宣诗坛点将录》将散原老人尊为“及时雨宋江”，一百单八将中排名第一，由此可见其地位之显赫。

诺贝尔文学奖评委真犯过什么严重错误的话，就是没把这奖项颁给俄国的托尔斯泰，并且也不知道中国还有个散原老人。毫无疑问，作为诗坛祭酒，作为当时中国文坛最具有代表地位的诗人，如果他老人家获奖，不但众望所归，关键还能增加这个文学奖的含金量，毕竟中国传统诗歌也是世界文学的一部分。

钱钟书小说《围城》中谈到诗坛，虽调侃，也写出了当时的部分真相。一位叫董斜川的诗人吹嘘自己曾跟散原老人聊过天，说“老头子居然看过一两首新诗”，认为“还算徐志摩的诗有点意思，可是只相当于明初杨基那些人的境界，太可怜了”。

小说家的话不可以太相信，当不得真，不过玩旧诗，通常倚老卖老，会看不上新诗，新诗人却不得不对前辈表示恭敬。一九二四年，诺贝尔文学奖得主泰戈尔来中国访问，慕名拜访散原老人，两个人只相差了两岁，散原老人略大一些，是标准的同时代人。徐志摩屁颠颠地给他们当翻译，免不了一些客套，相互送书，拍照，究竟说了些什么话，还有过什么样的文化交流，也不得而知，反正多少有点象征意义，毕竟当时中国和印度最好的两位诗坛大佬见面了，这很不容易。

海明威与福克纳都没见过面，尽管他们同时代，都是美国文学的领军人物。

有人问，既然对散原老人有兴趣，那么当时的老房子在哪儿。我想了想，真答不出来。九曲青溪十里秦淮，只知道紧挨青溪河边，取名“散原精舍”。精舍二字望文生义，容易让人联想豪宅的精装修，其实是普通住宅。古人称佛教修行者的住处为精舍，散原老人官场失意，避祸南京只为养老，用这两个字十分合适。

那时候，陈寅恪只有十岁，有兄弟五人，最小的登恪刚三岁。散原老人为了儿子的教育，干脆办家学，花银子聘请家庭教师。他身上洋溢着名士气，俨然成了《儒林外史》中的杜少卿，饮酒作诗，基本上就是专业作家。科举还没废除，他早已大彻大悟，内心深处先将它给结束了。

有人把清王朝的崩溃，归罪于科举废除，因为读书人失去奋斗目标，前途变得黯淡了。散原老人也算是有功名的人，举人出身，中过进士。一八八二年乡试，年仅二十九岁的他讨厌八股文，竟用散文体写试卷。这是公然冒犯科举，初选就惨遭淘汰，幸好遇到一位慧眼识才的考官，从落选的试卷里重新将他破格录取。

参加科举应试，柳诒徵用篆字，散原老人不写八股文，其实都意味着科举的寿终正寝。僵硬的科举已失去存在意义，废除不废除都得完蛋。只是他的做法，更像一位纯粹的诗人。或许正是因为这种气质，才能把诗写好，才能做出真正的学问。现成的例子就是陈寅恪，他显然继承乃父风范，学贯中西，不知念了多少个第一流大学，学历上可以写上日本弘文学院、德国柏林大学、瑞士苏黎世大学、法国巴黎高等政治学校、美国哈佛大学，能阅读梵、巴利、波斯、突厥、西夏、英、法、德八种语言，却没有任何正经八百的文凭和学位。

在科举废除的前两年，也就是一九〇三年，散原老人曾担任过南京三江师范的总教习，又称总稽查。三江师范后来改名两江师范，又改名南京高等师范，再改名东南大学及中央大学，最后就是今天的南京大学。因此，说起南大的老校长，似乎不该忘了提一提这位散原老人。不过这也是挂名差事，他显然志不在此，这时候，北京已经有了京师大学堂，各地纷纷效仿，由官方出面办新式学校，官办学校就像官样文章，通常不入诗人的法眼。

在中国历史上，诗人注定没什么政治地位，作为诗坛领袖，散原老人更像是一个文学小圈子里的人物，好在有个争气又充满传奇的儿子，你可能不认识他爹，但你不会不知道陈寅恪。

李瑞清
一代非著名书法大师

有个玩书法的朋友，说起南京书坛前辈，神秘兮兮地透露了一段逸闻。大名鼎鼎的林散之觉得自己最厉害的，不是独步书坛的字，而是他的诗。

对于这样的八卦，听了一点都不觉得吃惊。学问大家章太炎就告诉别人，他最擅长的不是古文，是医术。晚清的诗坛盟主散原老人，说自己是“字第一，文第二，诗第三”。齐白石也有类似的海口，具体如何排名忘了，大致意思是诗第一，印或者字第二，第三才轮到画。

这个就叫会玩，江湖上排座次，最牛之人往往故作谦虚，自称第二，他第二，于是没人敢称第一。还有一种玩法，压低自己强项，用哄抬物价的方式，变着法子做广告，将其他领域的水平顺带提高。好比打篮球的乔丹告诉别人，他最擅长的其实是高尔夫球。好比一个很会当官的人一本正经，说他最擅长的是写诗。你可以相信，当然，也可以不相信。

在晚清书坛，有两个人字写得非常好，非常让人羡慕。一个是和尚，也就是弘一法师李叔同。还有一个是道士，应该说准道士，就是清道人李瑞清。两位姓李的都是书法高人，每次看到，我都会眼睛一亮，万念俱灰，心情立刻如止水。高山景行，心向往之，有这两位先贤的书法放在那儿，我知道自己一辈子也别痴想写好毛笔字了。

弘一法师谈书法，很简单，字要天天写，大字小字都得练。清道人谈书法，也很简单，先重人品，书以气味为第一，“不然，但成手技，不足贵矣”。名师可以出高徒，弘一法师是丰子恺的老师，私淑弟子不计其数。受清道人影响的学生也很多，谈到胡小石的书法艺术，不说一下他的恩师不行。清道人众多弟子中，还有一位被画名所掩的张大千，要知道无论胡小石，还是张大千，学书法都不是挂个虚名，都是正经八百的入室弟子，当年都是替清道人磨墨牵纸的人。

汪辟疆《光宣诗坛点将录》将清道人封为“天闲星入云龙公孙胜”，这至少可以说，他写诗的资质也非同寻常。梁山一百单八将中，公孙胜的故事不多，排名却十分靠前，及时雨宋江、玉麒麟卢俊义、智多星吴用，紧接下来就是他了，相当于科举殿试的二甲之首，也就是俗称的传胪，只不过屈居于状元、榜眼、探花之后。

清道人最厉害的还应该是他的字，上网检索了一下李瑞清书法作品的行情，价格之低，问津的人之少，让我目瞪口呆。考虑到一些当代名家，挟着名片上的各种头衔，一个字就卖到多少钱，无端地有些惆怅。

南京大学的历史就其本质，和北京大学也有很多相似，都是官办，都是官气十足，一个曾经叫京师大学堂，一个曾经叫中央大学。清道人李瑞清跟南大的关系，相当于蔡元培和北大，都是校史上有过杰出贡献，且不能不提的人物。

在南京大学老校长的名单上，散原老人陈三立也挂过几天，但是他这个负责人，和抗战期间蒋委员长兼中央大学校长一样，说白了就是一张老虎皮，挂在那里唬唬人。李瑞清当过六年的总监督，一直到辛亥革命挂印而去，在这期间，他是货真价实地当校长，兢兢业业。

李瑞清的教育理念相当简单，这就是“嚼得菜根，做得大事”，因为是辛亥革命前的大学校长，又是官家任命，他玩的那一套，无非是“十年寒窗苦”，让学生发愤用功。多少年来，苦读一直是南大血脉相承的看家本领。北大在天子脚下，总是离政治很近，复旦紧靠十里洋场，难免海派习气。北大近官，复旦近商，南大什么都沾不上，只能嚼菜根苦读书。

李瑞清出身于一个官宦世家，在传统的中国描述中，官宦世家是个很暧昧的词儿，似是而非，除非你是皇亲国戚，否则不经过科举，就不会有什么仕途。通常我们喜欢说书香门第，说贫寒子弟，都是为了解释一种结果，为什么一个人会有功名呢，因为他能够刻苦读书。书香门第，家境贫寒，都是正面形象，都是成才原因。

李瑞清是江西人，父亲在湖南当了三十多年官，算不上大官，也就是个县令。他因此出生在湖南，自小用功读书，二十六岁当举人，二十七岁成进士，然后便与父亲一样，踏入仕途，老老实实做官，正赶上了大清王朝没落，官倒是做上去了，清朝也完了。

李瑞清当过几天江宁布政使，官居二品，相当不错的级别。不过板凳还没焐热，乱党已经进城，他那些激进的学生就在革命军中。他万般无奈，辞去两江师范学堂监督职务，缴了官印，离校时，见有些学生衣衫褴褛生活贫困，心中十分愁苦，随即卖去自己的车马，将钱散发给贫穷学生，两袖清风飘然而去。

这以后，李瑞清便成了清道人，客居上海，卖字为生。散原老人不当官，诗越写越好，清道人辞了官，字也越写越好。他们晚年都成了普通老百姓，没有大富大贵，名声却越来越响亮。作为地道的中国文人，被迫离开仕途，脱离官场的轨迹，实属人生之不幸，然而对于诗歌和书法史，又是不幸中的大幸。

蔡元培
其生也荣，其死也哀

辛亥革命那年，武昌的起义很突然，星星之火立刻燎原，不到两个月，除了南京，南方诸省已宣告光复。革命党人知道，要想推翻大清朝，必须尽快成立新的革命政府，于是各路好汉纷纷动身，赶往处在危急之中的武汉。这时候，袁世凯的北洋大军将武昌团团围住，置于自己的炮火之下，只要他愿意，随时可以拿下武汉。

也正是在这节骨眼儿上，南京光复了，前往武汉的革命党人赶紧转向，直奔南京，显然这里更适合建立新政权。于是乎，南京成了一个大官场，远在四川的同盟会会员吴玉章，代表蜀军政府风尘仆仆赶到南京，中华民国临时政府像点样子的官衔早就被瓜分一空，部长位置没了，次长位置也没了，以至于老朋友只能抱歉，让他任选一个司局长干干。

当时选出来的教育总长是蔡元培，以资历看，他无疑是合适人选。若以名望看，另一位老革命章太炎更有资格，因为学问更好，而且不是一般的好。按照我的傻想法，若要选一个人掌管教育，当然应该选学问好的，当然应该选章太炎。不过，这想法是不对的，很幼稚，好比最好的运动员未必适合当教练，未必适合当体育总局的最高长官。

蔡元培是中国现代史上第一位教育总长，这个总长是平衡的产物，当时的南京临时政府内外交困，为组阁吵得不可开交，几大总长职位，教育相对最不重要。章太炎“自己以为政治是其专长，学问文艺只是失意时的消遣”，他的特点是能吵能闹，动不动就要骂人，因此教育总长的位置虽然不重要，但平衡下来，还是选中了性格平和的蔡元培。

傅斯年先生评价蔡元培，说他有两大优点，一是中国传统圣贤之修养，一是西方自由博爱之理想。这两个优点让蔡成了教育界的不倒翁，只要愿意，只要不玩辞职，教育部长或总长、北京大学校长、中央研究院院长，所有这些学界的最高领袖，都是禁鼎一脔，非他莫属。

一九四〇年，正值抗战相持阶段，蔡元培在香港逝世，享年七十二岁。国难期间丧事从简，当时的中国不分政治派别，均表深切哀悼，可谓极尽哀荣。国民政府发布褒扬令，用了一大堆好词，“道德文章，夙负时望”，“推行主义，启导新规，士气昌明，万流景仰”。

中共领导人周恩来亲自撰写挽联：“从排满到抗日战争，先生之志在民族革命；从五四到人权同盟，先生之行在民主自由。”还在延安窑洞的毛泽东，也特发唁电，称他为“学界泰斗，人世楷模”。

极尽哀荣可以玩味，哀荣这两个字，并不是说一个人死得热闹，丧礼隆重，规格非常高。孔子的学生子贡赞扬恩师，说他“其生也荣，其死也哀”，意思是说像孔子这样伟大的人物，活得光荣，死了让人感到悲伤。因此哀荣是并列关系，说明一个人的生和死，对社会都有不同寻常的意义。

蔡元培是学而优则仕的典型，看清朝遗老笔记，不乏溢美之词，好歹人家也是有过功名，正经八百的科举出身。十七岁考上秀才，二十二岁中举人，二十三岁中贡士，第一次参加殿试未取，二十五岁中进士，名列二甲三十四名。他的策论内容是“西藏的地理位置”，我很吃惊当年殿试，皇上的眼皮底下，居然会这么考。

同科进士有些名声的还有张元济和唐文治，以最后官阶论，恐怕要数蔡元培最高，虽然他在清朝的官不算大。说白了，就是考场得意，会做官，能当好官。章太炎说自己善于搞政治，做学问玩文艺，只是失意时的消遣，这句话用在蔡元培身上才更合适。考察他一生，从来没有真正地离开过官场，他的学问并不惊人。在晚清，弃官从教，创立光复会排满，玩的是政治。到了民国，在教育的最高权力位置上下，玩的还是政治。

蔡元培这样的人不可能离开政治，他的辞职本身就很政治。他的辞职书最见性格，最值得品味。袁世凯挽留他，他说我不是为你辞职，而是为四亿中国人。他不当北大校长的理由，是屁大的事都要向上面汇报，“我是个痛恶官僚的人，能甘心仰这些官僚的鼻息么”，当然不能。理由二，“我绝对不能再做不自由的大学校长”，思想自由是世界大学的通例，中国非要和别人不一样，这鸟校长不做也罢。理由三，“北京是个臭虫窠”，无论何等高尚人物，无论何等高尚事业，一到这里便染了臭虫的气味。

蔡元培有其特立独行的一面，他反对过孙中山，孙中山要北伐，要和北方开战，他坚决反对。反对过共产党，一九二七年的“四一二”清共，他是民国元老中投赞成票的人。著名的五四运动中，作为北京大学的校长，他坚定不移地站在学生一边。十多年后的“一二·九”运动，学生要求抗战，到南京示威，他出来跟学生对话，结果被打得头破血流。

作为一名教育家，他把学业看得非常重，认为“因爱国而牺牲学业，则损失的重大，几乎与丧失国土相等”。显然，教育和政治分不开，然而教育不仅仅是政治，教育家绝对不能只是政客。

蔡威廉

艺术家活得长很重要

蔡威廉女士是蔡元培的千金，蔡先生名气太大，作为名人女儿，只要一提起，不可避免顺带说到她爹。名人子弟总会沾点光，但沾光也可能吃亏，因为你始终淹没在名人的光圈里，自己无法闪光。你生活在名人阴影中，会有一种无形压力。

蔡威廉是中国现代历史上几位最早向西方学艺的女画家之一，与她齐名的还有潘玉良。潘的名气更大一些，身世更传奇，她是个孤儿，十四岁被舅舅卖入妓院，十七岁赎身，开始学画，后来又去国外深造。由于这段特殊经历，人们谈及潘玉良的油画，忍不住还要说些别的什么。艺术家活得足够长久，这一点至关重要，潘大了九岁，活到八十多岁，蔡威廉英年早逝，只有三十五岁。

说她们齐名，因为出色的女油画家实在太少，留洋的女学生中，会画两笔的很多，有才名的也很多，譬如徐悲鸿前妻蒋碧薇，譬如张爱玲母亲黄逸梵，都能画，然而都是沙龙中的时髦人物，都是玩画的票友，吃不了艺术的那个苦，算不上真正的职业画家。

前些年，南京曾举办民国时期的女画家作品展，一位喜欢收藏的老板看见蔡威廉的油画，通过介绍了解她身世后，一边跺脚，一边大喊可惜。十多年前，他在杭州一家旧书画店，见过两幅蔡的风景油画，当时不知是何方神圣，未将其买下来，以至于失之交臂。

收藏蔡威廉的油画，显然会有很不错的升值潜力。物以稀为贵，这些年，中国人的艺术品，无论油画还是国画，价钱开始猛涨，涨得接近离谱，过亿再也不是什么稀罕之事。蔡威廉的画数量少，价格要爆炒上去很容易。

早在一九三六年，抗战前夕，蔡威廉在南京福昌饭店画的一幅《奥地利跳舞女郎》，被国民政府的外交部高价订购，作为送给德国驻华大使陶德曼的国礼。蔡威廉的画作一直受到好评，那年头，动用国库的银子买画，并不是因为是蔡元培的千金，而是因为她的名声，蔡威廉年纪轻轻，已是国立杭州艺专的西画教授，在国内画界已经相当有地位。那年头也搞过全国美展，展览会上最出风头的女画家就是她和潘玉良。

蔡威廉更擅长人物画，画风既有西方流行元素，有一点后印象派的意思，又受文艺复兴时期的绘画大师达·芬奇影响，因此也不缺乏古典韵味。她画过人物众多的大型油画《秋瑾绍兴就义图》，是大场面，大主题，十分震撼人心。不过，在作家沈从文的记忆中，印象最深的，却是一幅丁玲女士的半身油画像。

蔡威廉生于一九〇四年，与小平同志同岁。这一年出生的杰出女性代表，还有才女林徽因和女作家丁玲。蔡威廉是蔡元培最宠爱的长女，她八岁首次跟父亲出国，断断续续在欧洲待了很多年，深受西方文化影响。

一九三九年六月，沈从文写过一篇散文《记蔡威廉女士》。要想了解这位优秀女画家的事迹，沈的文章是最好说明。如今网络非常方便，有兴趣的读者可以上网搜索，将文章找来读，写得非常精彩。

蔡元培最了不起的地方，是善于学习，不断学习新东西，四十岁才去德国留学。他既是革命家、光复会的领导、同盟会上海分会负责人，另一方面，又在莱比锡大学学习心理学和美学。一位正途出身的中国进士，与时俱进，还能放下身段，去国外当普通学生，这充分说明了一代杰出知识分子的好学精神。

蔡元培在德国四年期间，一边学习，一边辅导后来的民国总理唐绍仪四个侄子的中文。进入民国不久，他辞去教育总长，又去法国进修三年。有这么一位好学的父亲，女儿的学业可想而知，蔡威廉小小年纪，就接受了良好的欧式教育，精通德语和法语，在比利时的布鲁塞尔美术学院学习，后来又去法国，在里昂的美术专科学校专习油画。

二十四岁的时候，蔡威廉学成归国，成为教习西画的教授。她显然有着太多让人羡慕的地方，年轻漂亮，有学养，有一个高官的父亲，爱情成功——与一个叫林文铮的帅哥相恋，很快步入了婚姻殿堂。蔡元培对这桩婚事十分满意，陪嫁丰厚，小两口在杭州西湖边盖了栋别墅，日子其乐融融。

蔡威廉身上没什么名门娇气，热爱绘画，拥有很不错的机会，天资遇上机缘，她因此非常职业，非常执着。外人看来，她很刻苦，即使新婚蜜月，也整天在画。她天生就是位好画家，而且是位非常好的老师，善于发现人才。有一次学生办展览，她一眼看中了吴冠中的作品，立刻提出要用自己的油画，换他一幅水彩画，这让年轻的吴深受鼓舞，铭感终身。

蔡威廉还是标准的贤妻良母，抗战爆发，文化人的生活质量大打折扣。她避难内地，夫妇双双失业，经济出现了严重问题，连进医院生孩子的钱都没有，只能在家生产，因为产褥热而早逝。天妒英才，她逝世时，蔡元培已七十岁，远在香港，家人都瞒着，结果他在报纸上看到“蔡威廉的遗作展”的新闻，悲痛欲绝，写了《哀长女威廉》一文，不久也含恨伤别人世。

林文铮

高开低走的悲剧人生

喜欢足球的哥们儿，一定会记得当年的健力宝少年足球队。二十世纪九十年代，为振兴中国足球，国内曾筛选过一批小队员去巴西培训。后来他们个个都成了人物，虽然最终也没把足球搞上去，但是事实证明，这办法行得通，不仅有效，而且快捷。

九十多年前的能人志士，下决心要把中国的事情弄好，想到的一个绝招也是搜集一批好苗子，送国外去培养。当时正是第一次世界大战，法国需要华工，便组织了留法勤工俭学会，以“勤于做工，俭以求学”为目的，号召有志青年去法国半工半读，学点真本事。

中共领导人有很多都是勤工俭学的参与者，有周恩来，邓小平，陈毅，聂荣臻，牺牲的有蔡和森，赵世炎，王若飞，陈延年、陈乔年兄弟。毛泽东当时也有去法国的念头，他离开老家湖南，就是为了勤工俭学。不过他后来有了新的觉悟，觉得修行不一定非要出国，在国内作研究或许更加脚踏实地。那时候，俄国十月革命已经成功，真想留学，还不如干脆去苏联。

五四运动前后，先后有二十批，大约一千六百人去了法国。以四川的人最多，其次是湖北和河北。庞大的勤工俭学队伍中，有两位姓林的广东人别树一帜，他们是林文铮和林风眠。放在一起谈，不是因为都姓林，同宗同乡同学，而是两人的事业一直紧密联系，天作地合，无论说哪一位，都必须要提另一位。

中学读书的时候，他们就是亲密战友，学校有个诗社，林文铮是社长，林风眠是副社长。去了法国，林文铮主修法国文学，选修西洋美学史，林风眠则一门心思学绘画。一个要做中国的巴尔扎克，一个要当中国的现代派大师。最有趣的，他们还是各自的红娘，林风眠的法国老婆是林文铮作伐，而蔡威廉女士最终成为林文铮太太，又是林风眠当的媒人。

一九二七年，林风眠受蔡元培之邀，在杭州西湖之畔创办了国立杭州艺专，担任校长。他是个优秀的艺术家，并不善于校务，又特聘林文铮为教务长。此后大约有十年时间，二林携手，将学校办得有声有色。吃水不忘挖井人，今天赫赫有名的中国美术学院，前身就是杭州艺专，曾培养了大量美术人才，譬如著名画家赵无极和吴冠中。

林文铮长得很帅，艺专刚创办，后来的国民党大佬张道藩曾去应聘，目的很简单，为了追求该校的美女教授蔡威廉。可惜计划落空，蔡威廉很快成为林文铮的妻子，张求职追女都未遂，与艺专因此结下了梁子。

我写林文铮，不是因为他曾留学法国八年，人长得漂亮，风流潇洒，文采好；也不是因为他是蔡元培的乘龙快婿，情场得意，有一段可歌可泣的婚姻，杭州西湖边上还有栋美丽房子。

林文铮更容易让人感叹他的不幸，感叹造化弄人，虽然有非常良好的开局，但谁也想不到最终结果。一九三八年十二月，教育部下令，将逃难到湖南沅陵的北平艺专与杭州艺专合并，结果出现了很严重的派系之争。文人本来好斗，国难期间也是如此，学生的火气特别大，动不动就闹学潮。据说背后还有张道藩在捣鬼，林风眠对付不了，甩手不干了，留下一份辞职声明，让林文铮念给全校的师生听。

林风眠一走，林文铮也无心干下去，辞职，夫妇双双离开。在当时，辞职就是失业，他们夫妇已有了五个孩子，一失去工作，顿时陷入贫困之中。好在半年后，又在西南联大找到了工作，林文铮教西洋文学史，蔡威廉教法语，聊以生存。也就是在这时候，蔡威廉生第六个孩子，得了产褥热不治而亡，他们的邻居沈从文以十分沉痛的心情写道：

> 我每天早晚进出，依然同小朋友招呼。间或称呼他家第三位黑而胖的小姐为“大块头”，问她爸爸妈妈好，出不出门玩。小孩子依然笑嘻嘻答应“很好”。可是前两天听家里人说，才知道孩子的母亲，在家生产了一个小毛毛，已死去三天了。

林文铮变了一个人，没有志同道合的好友林风眠，没有美满恩爱的贤妻蔡威廉，他从此失去人生方向。法国留学生的潇洒派头不见了，床头金尽囊空如洗，作为六个孩子的父亲，养家糊口成为第一要务。有一种说法，国民党去台湾前，曾动员他也去，但是被拒绝了，他对国民党毫无感情。

林文铮曾经迷恋宗教，一度皈依佛门，信奉“红教”，藏传佛教的一个分支。一九四九年后高校调整，他被调剂到广州的中山大学，经济情况开始好转，一九五三年又调到南京大学外语系，教法国文学史。一九五七年反右派前，他是外语系副主任、法语教研室主任。南大的法语专业一向厉害，与他多少有点关系，“文革”前差点独立，成立专门的法语学校，连新校址都选好了。“文革”后，全国法语的第一个博士点也在南大。

如果不是被打成“右派”，以林文铮的法文水平，或许是另外一个结局。他再婚了，找了个比自己年轻二十岁的大姑娘。然而他成了“右派”，很快又是反动会道门分子，判刑二十年，直到一九七六年春天才被放出来。这时候，离粉碎“四人帮”，只有几个月。

林风眠

画者的浪漫与凄凉

二十世纪八十年代中期，我在一家出版社当编辑，同事们忙中抽闲，编了一套名人丛书。那时候也没版权一说，看中什么选什么，明目张胆做强盗，有人编名言，有人编演讲，有人编书信，我不能免俗，自恃看过不少日记，自告奋勇就编这个。

对日记有特殊爱好，恐怕是偷窥欲作怪，我曾经收集了不少。记得选恽代英日记，曾想选他妻子难产那一段。时间是一九一八年，当时的人很保守，觉得女人生孩子不该去医院，结果就出了事。恽代英痛不欲生，发誓此生不再娶妻，自号为“永鳏痴郎”。

过去年代，难产确实很可怕。齐白石先生老当益壮，八十岁以后，继室生了一堆儿女，竟然会因为最后一个孩子难产而亡。

又譬如林风眠和林文铮这对好友，不仅为对方做媒，而且同病相怜，遭遇一样，第一位妻子都死于难产。林风眠的发妻是德国人，学化学的，据说还是贵族出身。

林风眠和这位妻子的故事充满传奇，一九二三年，在法国学了三年绘画的林风眠，忽然有了游学德国的念头，便与铁哥们儿林文铮，还有学雕塑的李金发，一起去柏林。学艺术的人难免浪漫，林风眠很快与罗拉小姐热恋上了，他的德语很糟糕，两个人感情交流，最重要的工具竟然是字典。

从相识到相恋，回巴黎结婚生子，最后妻子双亡，也就一年多时间。林风眠很在乎这段情感，半个世纪后重回巴黎办画展，曾去寻找过当年的墓地。或许为了尽快忘记，他又找了一位新人，按照中国人的传统想法，时间实在太短了，前妻逝世的第二年春天，他又一次结婚，这一次是位法国女士。

对林风眠的婚姻真不知道说什么好，似乎很浪漫，很艺术家，很法国派头，很国际化。婚姻本来是私事，旁人犯不着说三道四，我只是有些想不明白。首先是离合，林风眠与这位法国老婆，这对名义上的夫妇，相处更像朋友，聚少散多貌合神离。夫妻本是同林鸟，大难临头各自飞，自古就有这句话，然而男女既为夫妇，两相厮守本是最基本的人之常情。

抗战前，林风眠的夫妻生活没什么不同寻常，这以后，他去内地，太太留守上海，一分别就是八年。抗战胜利重新相聚，到一九五六年，太太离开上海出国，辗转去了巴西。从此他成了孤家寡人，虽然没像老友林文铮那样被打成“右派”，但也坐了多年牢狱，日子过得一点都不好。晚年定居香港，快八十岁时，曾去巴西探过一次亲，与二十多年没见面的老妻短暂相聚，也算最后告别。

艺术家应该什么样子，不好说，不过有一点不会错，杰出的艺术家与别人不一样，也必须与别人不一样。看林风眠的画，总觉得意外，个性鲜明特立独行，是寂寞，是非常的孤傲和冷淡。

同样法国求学，艺术见解却天南地北，他的几位好朋友，譬如林文铮，文学上主张传统，喜欢巴尔扎克，推崇现实主义，艺术见解特别叛逆，与同属现代派的林风眠完全一致。譬如李金发，专业是雕塑，美术见解完全写实，文学观点又坚决反对写实，他是著名的象征主义诗人，很多人闻其大名，不是因为他的雕塑，而是因为不太好懂的诗歌。

说起中国现代美术教育，有三个人绝对绕不开，徐悲鸿、刘海粟，还有就是林风眠。林岁数最小，资格不比其他两位差。大家都知道，一九四九年以前，中国有过几所著名的美术学校——

北平艺专、上海美专、杭州艺专。北平艺专后来成了中央美院，与徐悲鸿的领导分不开。林风眠创办的杭州艺专成了中国美术学院，刘海粟创办的上海美专演变为南京艺术学院。

很多人不知道，北平艺专的创始人其实还是林风眠，最早聘请齐白石老人到课堂上讲课的，也是他。一九二五年，国立北平艺专成立，应蔡元培的请求，林风眠离开法国，回国担任校长兼教授。从人脉看，林风眠有很好的资源，首先，当年的教育界大亨蔡元培十分欣赏他，在美术教育刚起步之际，前后两次让他执掌美术学校。其次，共产党的重要人物，与他也有不错交情，叶剑英是他同一诗社的校友，周恩来在法国期间曾住他家，受过他的资助。

林风眠显然不善于利用这些，和杭州艺专分手后，他基本上过着一种隐居生活，甚至没再与老友林文铮见过面。在一开始，他的人生理想或许还是美术教育，感觉到这条路行不通，便毅然决然地将自己封闭起来。他不再跟国民政府玩，也不与新的共产党政权打交道，成了一个纯粹的画师。

林风眠与徐悲鸿和刘海粟没什么交往，艺术观点并不相同，或者说很不相同。徐和刘都有过非常风光的岁月，尤其是暮年，位置显赫，名头响亮，都有年轻的粉丝太太照顾和陪伴，林风眠老境凄凉，孤苦伶仃。

林风眠潦倒时，靠每月交两张画生活。最糟糕的日子，连画也画不成。很多画都毁了，“文革”中，被人迫害也好，出于恐惧也好，他将数十年积累的精品力作，沉浸在浴缸，化成纸浆，用抽水马桶冲走。

当然，林风眠的画现在已是天价。

曾昭燏

曾国藩家族里的考古学姑娘

长期以来，对于曾昭燏先生，一直有两个错误印象。首先，她不是曾国藩的曾孙女，是曾国藩弟弟国潢的后代。中国现代史上的重要角色，对曾国藩都十分推崇，蒋介石读书不多，喜欢把曾文正公挂嘴上。毛主席他老人家对这位湖南老乡推崇有加，干脆就说“愚于近人，独服曾文正公”，他的几卷《曾国藩家书》，扉页上都写着“咏之珍藏”的字样。毛还说过“在曾国藩的后代中，还有一个叫曾昭燏”，正是因这句话，我有了第一个错误印象。

其次，曾昭燏并非死于“文革”。到过中山陵，一定知道灵谷塔，南京人俗称为“九层塔”，很高很巍峨，我们读书时郊游，有一次排球掉下去，发出的巨响跟打炮一样，想起来后怕，落人脑袋上，后果不堪设想。曾昭燏正是从这塔上一跃而下，然而她的死，与习惯思维中的受迫害、不甘凌辱自杀无关。陪朋友去游览，卖弄过去掌故，我不止一次误导别人，把她列入“‘文革’受迫害者”名单。

很显然，说到曾昭燏，一定会和曾国藩有关系。曾国藩影响很大，对自家人的影响更大。男人该怎么样，女人不该怎么样，有许多苛刻规定。男人不说了，关于女人非常具体，要做手工，要织布，要下厨。湘乡曾家一门人才辈出，有口皆碑，到曾昭燏已第四代，与曾国藩相差九十九岁，时代完全不同，良好的家教遗风还在。

二十世纪八十年代，在北京医院病房，我曾见过一位曾家后人，当时也还是弄错，说是曾国藩玄孙女儿，叫曾宪植。后来查资料才明白，不是曾国藩，是他的另一个弟弟曾国荃。也就是说，是曾昭燏的堂侄女，实际年龄却只小一岁。这是位七十多岁的老太太，风度极好，气质非凡。病房过道上有个长椅，每到黄昏时分，她便坐在那儿休息。她是叶剑英的前妻，全国妇联副主席，据说是曾家的第一位共产党员。

湘军领袖曾国藩是老大，有四个弟弟，每人都能说几句。老三国华，战死三河镇。老四国荃，族中排行为九，当年正是这位九爷，率湘军攻破了南京城，官至两江总督。老五国葆，病逝于军中。曾家五兄弟都是读书人，能文能武，皆有军功。老二国潢没在战场上久待，他是家族大总管，兄弟前方厮杀，他在后方照顾父亲，督课子侄，对曾氏子弟的教育贡献最大。

曾国藩曾夸二弟“劳苦最多，好心好报”。由于长年在外，如果说种种家规由老大曾国藩制定，真正让它贯彻和执行的，却是这位国潢。一八六八年初夏，太平军被剿灭，曾国藩功高盖主，即将调任直隶总督，上任前，他为本家女性定了非常具体的“功课单”。早饭后做小菜点心酒酱，这是食事。接下来纺花或绩麻，这是衣事。中饭后做针凿刺绣，这是细工。曾家男子于看读写作缺一不可，妇女于衣食粗细缺一不可，曾国藩很认真地说，“自后每日立定功课，吾亲自验功”。

这个当然只能嘴上说说，不过规矩还是规矩。曾氏一门出了太多人才，不能不刮目相看。身为女人，更该说的，恐怕还是嫁人，与曾家结亲同样不同寻常，查联姻的关系网，有关的名门数不胜数。光说曾昭燏这一家，哥哥昭抡娶了俞大絪，妹妹是国民政府主席谭延闿的媳妇。俞大絪又是曾国藩的曾外孙女，本来就是一家人，她哥哥俞大维，是后来的国民党“国防部长”、蒋经国的亲家，姐夫傅斯年，是著名的学界领导人。

能攀上亲的还有陈寅恪，还有一大堆名人，不过曾昭燏终身未嫁，始终是个做学问的老姑娘。长沙的艺芳女子学校，首任校长曾宝荪是她姑姑，也是杰出的老姑娘。曾昭燏几个姐妹都从这学校毕业，一九二九年，她考入中央大学国文系，成为胡小石先生的得意弟子。

师从胡小石是她人生的转折点，曾昭燏的学问落实在考古学上，无疑与老师深厚的文字学功力有关。作为胡的入室弟子，研习碑帖是必需的，然而曾昭燏并不以书法见长。她有很好的古文字基础，诗词文章都相当不错，最后却成了非常专业非常有成就的考古学家。

曾昭燏的求学经历，有两事值得一提。一是读书时，为了便于请教，干脆住恩师胡小石家里。在当时非同寻常，大教授都是有脾气的腕儿，不是最欣赏的弟子，享受不了这耳提面命的待遇。一是去英国留学，最初也没想学考古，那时候经费不足，她的目的不在学位，只是为了学习西方学者的治学方法。胡小石教会她如何在案头的书本上做研究，西方的考古学教会她走向田野，直接面对地底下的实物，而这两者恰恰是中西学问的最高境界。

考古学谈不上显学，要坐冷板凳，要在野外挖掘现场吃苦头。曾昭燏属于中国第一代考古专家，很有成就，参加和主持了一系列重要挖掘项目，譬如南京人熟悉的南唐二陵。她在考古界的地位不可动摇，曾被誉为“华东门神”“南霸天”，这些都代表了她的学术影响。

曾昭燏死于一九六四年，她的决然而去，有种种猜想，没一个标准答案。

曾昭抡

学成数理化，也只走好了半片天下

曾昭抡先生是曾昭燏的哥哥，提起此人来头大，他是我国现代化学界的大佬，当年的中央大学和北京大学化学系主任，中国化学学会会长。一九四九年后，担任中国科学院学部委员、化学研究所第一任所长、高等教育部副部长。

关于曾昭抡，有一段逸事总是让我觉得可疑。据说朱家骅当中央大学校长时，有一次开教授会议，看见有个人穿得很破烂，十分不屑地问你是谁。对方说我是化学系的，朱板着脸说，好吧，回去叫你们系主任来开会，结果那人扭头就走，第二天递了一份辞职报告，原来这人就是大名鼎鼎的曾昭抡。

我不相信这段子的理由有二。第一，朱家骅绝非平常之辈，不说别的，能当中统的特务头子，眼神就不该这么拙。很多年轻人已不知道中统怎么回事，我们小时候看电影，都知道国民党最厉害的狠角色，就是中统和军统。第二，曾昭抡的家世如此显赫，别人提起了，如数家珍地说这是曾国藩家的谁谁，又是留美的化学大博士，而且是常青藤名校，这样的人穿得再破烂，毕竟是系主任，名士的架子还在。

那年头，不是什么人都能当系主任，尤其化学系系主任。程千帆先生高中毕业升入金陵大学，原本想学习化学，可是去注册的时候，发现要读化学，活生生比学习中文高出一百多大洋。程千帆出身贫寒，窘迫于这白花花的银子，只能去中文系将就。前些日子大家聊天，说现如今中文系不行了，其实几十年以前，中文这专业已窘态毕露，早就不怎么样了。

曾昭抡生于一八九九年，与闻一多和老舍同岁。他和闻一多有许多相似之处，都是清华出身，都是留美。闻一多在美国学美术，前后也不过三年时间，或许美国佬的绘画远不能和法国相比，叫不太响，因此闻回国以后，基本上与美术绘画无关，玩的都是文学。当年的留学生真是快活，太让人眼红，国外镀点金，一回国就大教授，就文学院院长，随时可以跳槽。比如闻一多，一九二五年回国，又没什么像样文凭，短短几年，就当上中央大学外文系主任、武汉大学文学院院长、青岛大学文学院院长，最后才又回到清华。

曾昭抡在美国麻省理工学院苦读六年，是货真价实的博士。这样的才俊学成归国，前程怎么能不似锦，事业如何能不辉煌。他到中央大学，化学系系主任非他莫属。不想在中央大学玩了，北上进入中国第一大学北京大学，原来的系主任也得赶快给他挪位子。

风水轮流转，时至今日，研究生背后都叫导师为老板。老板们的日子很爽，地球人都知道今天的教授，尤其著名教授，皆是既得利益的成功人士。中国真有中产阶级，首先应该是教授，然后才是公务员，才是别的什么人。

说起过去的历史，人们总喜欢说二十世纪二三十年代是文化人的黄金岁月。教授真金白银，国外回来的才俊，年纪轻轻，薪水动辄几百大洋。在哪儿混都系主任，住舒适的小洋房，娶美丽的外国老婆，生一大堆儿女。

历史常会有惊人的相似，二十世纪二三十年代的国际大环境，仿佛今天的重演，都是国际金融不景气，西方普遍遭受严重的经济危机，中国却欣欣向荣，恰巧遇上了良好的发展机会。那个年代的海归占了大便宜，很轻易就把各行各业的好位置给占了。机会就是机会，机会真是机会，好机会一过去，过眼烟云，海归立马变成海待。

抗战爆发，海归们好日子到了尽头。像蔡威廉，名媛名教授，住院生孩子的钱都没有。穷困成了文化人的普遍现象，教授的手杖还在，雪茄已没得抽了，要想出各种法子挣外快贴补家用。朱自清不得不去中学兼课，再编点教材。闻一多玩美术的底子终于派上用场，自称手工劳动者，公开宣布润格，替人篆刻图章。

玩化学的人让大家羡慕和眼红，因为很容易转化为实用技术，譬如制造味精，制造肥皂。据说美国人曾向北大化学系求教过“味精”工艺，对于这种虚心求教，曾昭抡只要让弟子出面就足以应付。抗战期间，教授们穷得不像话，他在内地帮人开办了一家肥皂厂，立刻成为教授中的“富翁”，每月居然能多吃好几顿肉。

曾昭抡是与政治无关的人，学会数理化，走遍天下都不怕，他那学问，是政府就该喜欢。按说国民党共产党，没有不用他的理由。一九五七年，他被打成“右派”，中央专门发文件，撤销高教部副部长一职。不当官是种解脱，北大不要了，武汉大学还当块宝，他便去了武汉。

“右派”有些糟糕，不过当教授的“右派”中，曾昭抡的境遇相对还好。要不是“文化大革命”，或许都不能算悲惨，毕竟是搞研究，只要有书和实验室就行。一九六六年八月，红卫兵冲进北大，他妻子俞大絪遭到暴打，忍受不了污辱，仰药自尽。第二年，饱受批判的曾昭抡也在武汉告别人世，他患癌症已五年，妻子的死讯所有人都瞒着他，一个居心叵测的造反派故意公开了这个秘密，往他心上扎了最后一刀，曾昭抡终于彻底崩溃。

俞大絪
你想象不到的显赫家世

中学学英语，赶上“文化大革命”，基本上只记住标语口号。粉碎“四人帮”后恢复高考，有机会进大学，学英语的教材还是“文革”残留。对话练习仍然是“我是一个工人”，“我是一个农民”，“我是一个人民解放军战士”。这情景很有趣很写实，我们都来自基层，譬如在下，就是四年工龄的钳工。

校方也觉得教材太不像话，于是现编，每次上课发几张纸片。那年头外语都糟，尤其中文系，要想好就得另开小灶自修。我后来能考上研究生，主要依靠《许国璋英语》，这套教材的五六册由俞大絪女士主编，当时只知道傻乎乎学，既不问俞大絪何方神圣，也没想到她是女的。

后来弄明白，原来俞大絪来头很大，曾国藩的曾外孙女，母亲是曾国藩的孙女儿。这身世了不得，人们说起张爱玲，必提李鸿章，张的奶奶是李鸿章女儿，俞大絪与曾国藩近似于张爱玲和李鸿章。曾国藩后代中的有名女性，常提到考古学家曾昭燏、全国妇联副主席曾宪植，其实两位都不出自曾国藩这一支。

俞大絪与曾昭抡结婚，标准的亲上加亲，她又回到了老曾家。如果有孩子，就该姓曾，有一种传说，说因为是表兄妹，害怕近亲结婚弄出傻儿子，他们都不敢要孩子。我对此有怀疑，在过去年代，姑表亲姨表亲算不上什么事，翻《红楼梦》就知道了，他们毕竟已隔很多代了。

大家族相互通婚，从好的方面讲，综合了文化优良传统，优秀变得更优秀。中国人讲究门当户对，忠厚传家诗书继世，对名门既佩服又羡慕，仔细想想也不是没道理，毕竟人才一串串出现了，成功概率要高许多。当然，大户人家也难免裙带，难免潜规则，富不过三代，好的文化传统和遗传基因一样，再优秀也会变异，掰开手指头认真计算，没出息的富二代富N代，远比有出息的多。

湖南曾家与浙江俞家联姻，拉开了一张巨大的名人关系网。小时候，听家人聊天，我知道俞平伯家与曾家沾亲，按辈分，俞平伯好像要比俞大絪低一辈。后来读的书多了，又知道陈寅恪的母亲俞明诗，是俞大絪的嫡亲姑妈。这层关系要亲近得多，俞大絪哥哥俞大维娶了陈寅恪妹妹陈新午，标准的宝哥哥和林妹妹，他们第一个儿子真的是弱智。

俞大絪有个堂侄儿俞启威，又名黄敬，也是位老革命，是现如今国家领导人俞正声的父亲。她还有个嫡亲侄儿俞启德，又名俞扬和，是蒋经国的女婿，小蒋只有一个宝贝女儿。

俞大絪的显赫家世像光环一样笼罩，然而物极必反，搁在"文化大革命"，这样的出身便是滔天罪行。"文革"初期很多人受冲击，最惨痛的往往是两种人，一是地富反坏右，一是反动学术权威。

为什么他们最倒霉呢，因为最容易欺负，最没有还手的能力。前一种是死老虎，早就在打倒之列，舆论宣传做足了，已身败名裂，怎么羞辱都不为过。后一种还包括各行业的名流，有名气，薪水高，本是平民百姓眼红的对象，既羡慕又嫉妒，突然有个机会，能将他们掀翻在地，再踩上一只脚，正好趁机出口鸟气，而且没有任何风险。

"文化大革命"的荒诞，在于场景不断变化，人人都可能转为批斗对象。同是天涯沦落人，"走资派"要好得多，群众再怨恨，内心深处多少会有忌惮。民怕官毕竟是传统，考察中国大历史，当官的翻手为云覆手为雨，啥时候真正吃过亏。

在一个不好的时代，落井下石和被落井下石，最常见的两种境遇，具体到俞大絪，光曾国藩后人这一条，已足以取她性命。曾国藩是屠杀太平军的刽子手，年青一代的仇恨与生俱来，一旦爆发，后果相当严重。

俞大絪的嫡亲哥哥俞大维，逃到台湾的国民党“国防部长”，加上这一条，她的反革命罪行不堪设想。当年国民党政权往台湾去，飞机上座位都留好了，她和丈夫曾昭抡，还有妹妹俞大缜，以及小姑子曾昭燏，义无反顾地都选择了留在大陆。

俞大絪之死是对“文化大革命”的最大反抗，以死相抗的还有老舍，他早走了一天。还有傅雷，他晚走了十天。俞大絪服毒，老舍投湖，傅雷自缢，共同点在于，都遭到了非人对待，都被暴打，都被凌辱。俞大絪是英语教学界的老前辈，老舍是优秀作家，傅雷翻译了巴尔扎克，我们都曾受惠于他们。

我不认为他们后悔留在大陆，衣带渐宽终不悔，为伊消得人憔悴，老一辈人的理想境界，远不是我们平庸的脑袋所能想象。在俞大絪逝世一年前，她的小姑子从南京的灵谷塔上一跃而下，结束了性命。此时距“文革”还有些日子，政治恐慌让人窒息，曾昭燏的决然而去，让她避过了人格污辱。

人是有尊严的动物，是可忍，孰不可忍，人同时又非常脆弱，像根很容易折断的芦苇。

俞大维
天才横溢，触手成春

俞大维先生对我来说，始终是个传奇。天下之人居中者多，真聪明的少，真愚笨的也少。俞大维是聪明的代表，印象中，凡属人精者，都该学习理工科。学文科的难免大脑有问题。我女儿高中分文理班，选择了文科，闷闷不乐好多天，为什么，因为大家意识中，学习成绩不好的孩子，才去学文科。

过去年代，出国留学很不容易，通常是富家子弟才能享受。曾见过这样的记载，袁世凯死后，优待条件中有一条，袁氏子弟每年可以保证有两个出国名额。事实上，出国的富家子弟未必肯用功读书，公子哥有父母罩着，在国内是玩，出了国还是玩。所以傅斯年先生曾发出过感叹，说留学欧美的学生中，只有陈寅恪和俞大维是真正的读书种子。

陈寅恪的博学众所周知，会太多外语，记忆力像电脑。多少年来，我一直很留心，想弄明白与他齐名的俞大维，究竟是位什么样的人物。知道得越多，越想不明白，想找到原因，结果更加糊涂。据说俞大维九十岁，摔了一跤，为检验自己脑袋有没有变坏，便找了本微积分出来做题目，很快答案出来，完全正确。

在学理工科的人眼里，能做几道微积分，算不上多大能耐。俞大维是名副其实的弹道专家，这是非常专业的学问，很容易让人联想到现如今那些吃香喝辣的工程院院士，顶着专家头衔，拿着政府津贴。俞大维最不满意的，就是人家称他为弹道专家。他一生有太多强项，故事一个接一个，区区弹道小事，何足挂齿。

俞大维生于一八九七年，比陈寅恪小七岁，两人的关系非同寻常。他们是表兄弟，陈的母亲是俞的姑妈，唯一的嫡亲姑妈。在国外很多年，先在美国哈佛大学，后来又在德国柏林大学，连续同学七年。这期间，年轻一些的俞大维把持不住，抵挡不了西方的美色诱惑，与一位德国小姐相恋，珠胎暗结，弄得不堪收拾。最后是陈寅恪帮着出主意，将私生子交给自己妹妹陈新午抚养。未婚的陈新午是俞大维表姐，后来成了白头偕老的妻子。

俞大维的本行不是理科，是文科，这让我很意外。出国前，古文庭训家学，学过德文，学过英文，学过逻辑学。十九岁考入交通大学，学了半年电机，因肺病休学，跟着表哥曾昭权学习微积分，这位表哥是美国麻省理工学院毕业生。学了不久，又考进上海圣约翰大学，直升三年级，学习哲学。

俞大维的本行，竟是很深奥的哲学，那年头，很多人甚至不知道哲学为何物。

俞大维在哈佛攻读的还是哲学，他又一次表现出聪明人的特质，十二门功课全优，到哈佛两个月，已尽通数理逻辑学，吴宓眼里的“当时哲学最新颖而为时趋之部门”，在俞大维手上完全小菜一碟。只花了三年时间，他便拿到了博士学位，这是非常不容易的成就，当时哈佛的哲学处于黄金时期，学界的地位非常高。

这以后因为成绩优秀，俞大维拿到了哈佛的奖学金，又去柏林大学深造。他继续学习哲学，学习数学，学习梵文，学习物理，还旁听过爱因斯坦的相对论。罗家伦对他十分佩服，用“天才横溢，触手成春”来形容，意思是说，像俞大维这么绝顶聪明的人，想干什么就可以干什么。

俞大维当年的志向是当个通才，西方显然并不缺乏这样的大师，譬如达 · 芬奇，譬如莱布尼茨，譬如罗素，既通文，又通理，哲学、历史、数学、物理，无所不能，没有一样不精。在德国期间，俞大维还研究过音乐，学制乐谱，存心要让别人惊叹他的不可思议。

不过，人的精力毕竟有限，俞大维身逢乱世，在一个战乱不断的年代，他的发展注定要受到种种限制。为了报效祖国，他成了一名弹道专家，成为国民政府制造兵器方面的领军人物。一九三三年，担任了兵工署署长兼任兵器教官，是陆军中将。大家都知道，国民党军队中，最高军衔也只是上将。

很多人想不明白，为什么一个书呆子，一个无党派人士，一个与黄埔军人毫无瓜葛的俞大维，会一直被国民党政府所重用，被蒋介石视为不可多得的心腹。实际上，俞大维不只是弹道专家，他啥都能干的特质发挥得淋漓尽致，除了分管兵器，他后来还当过交通部长，自民国以来，这一直是个肥差。

俞大维是国民党政权中，担任“国防部长”时间最长的一位，前前后后，共干了十一年。我一直为他感到可惜，明明是个天才，干的活儿却与天才并无太大关系。身陷官场的沼泽地，无论多厉害的英雄好汉，所能干的买卖，也就那么一回事。更何况，他是标准的文人书生，国民党大势已去，退守台湾，一直叫嚣要反攻大陆，他再聪明，再兢兢业业，当“国防部长”，总觉得有点不靠谱。

俞大维被人津津乐道的冒险故事，是在“国防部长”任上，曾多次飞入大陆领空侦察。这时候他已六十岁高龄，有一次，距大陆战机只有五公里，这是非常近的距离了。

傅斯年
学术界的曹操

关于傅斯年先生，始终琢磨不透。先说学问，他的专项是史学，我对这个向来有兴趣，最佩服研究历史的学者。父亲生前常说文史不分家，这也是嘴上说说，术业有专攻，外行终是外行。傅斯年学术水平究竟如何，门外汉说不清楚，我毕竟是玩文学，隔行犹如隔山，还是老老实实藏拙为好。

我眼中的历史，常常是些没有意义的碎片。譬如婚姻关系，与傅斯年岁数相仿的留学生，太多停妻再娶，老一些的鲁迅，年轻一些的徐志摩和郁达夫，动静都闹得很大。傅斯年的发妻姓丁，是他同乡，结婚二十多年，夫妻生活严重不和谐。离婚前守活寡，离婚后活守寡，除了名分也没太大区别。他硬是熬到一九三四年才离婚，基本上没引起什么反响，离了也就离了，与前面提到的几位磕磕绊绊截然不同。这显然与时代风气有关，十年前后，舆论环境完全不一样，见多了，习以为常。

有反响的是他有幸娶了一位名门闺秀，叫俞大綵，是俞大维和俞大絪的妹妹。她是俞家最小的千金，出嫁时已三十岁，绝对老姑娘。俞家姐妹都以英语见长，俞大綵也是英文教授，台湾作家白先勇和陈若曦都曾是她的学生。据说婚事是俞大维这位长兄促成的，人们似乎很愿意接受这桩门当户对的婚姻。傅斯年同样大家出身，在山东聊城也算数得上。

与俞大綵结婚，意味着傅斯年有机会与陈寅恪，与俞大维，与曾昭抡，与这一连串的精英成为亲戚。这是个举足轻重，又非常有文化的组合，十分给力，考察中国大历史，官场上政治联姻常见，如此有分量的文化人这么聚合在一起，还真是不太多见。

傅斯年最辉煌的一笔，是五四运动期间成了学生领袖，这是个很露脸很吃重的角色，一辈子的本钱。那时候，毛主席他老人家还在北大图书馆当管理员，对他打心底里佩服。几十年后在延安，傅与毛相见，毛旧事重提，略表昔日羡慕之情，傅斯年很知趣，笑着说自己只是陈胜吴广，不过捣捣乱，成不了大事。

真羡慕当年的留学生，出去混几年，从此吃香喝辣。傅斯年并没有一直当学生领袖，很快去英国留学。先在爱丁堡大学，然后伦敦大学，最后去柏林大学，学的课程很多，实验心理学、物理化学、高等数学，还有比较语言学。俗话说，贪多嚼不烂，我并不觉得他学到多少东西，或许就是些皮毛，但在那年头，皮毛便足够蒙人。

傅斯年国外七年，学了多少东西，真很难说。对那一代留洋学生，我们习惯说“学成归国”，其实也是大概，只能糊弄外行。试玉要烧三日满，辨材须待七年期，无论做什么学问，七年时间都太短了。

很显然，在一开始，傅斯年的学问方向，未必选定了历史研究。他回国后，担任中山大学文学院院长，兼中文和历史两个系的主任。再后来，成立了中央研究院历史语言所，他是第一任所长，基本上是终身。一般人弄不明白，这个所究竟什么机构，往白里说，就是学术大衙门，管得很宽，历史语言考古人类学都要过问，比今天的社会科学院更厉害。

毫无疑问，称傅斯年为学阀一点都不过分，学阀者，学霸也。他把持了重要部门，掌握着非常好的资源，有志于做学术的人，还真不能不把他当回事。曾昭燏女士在英国留学，曾给傅写过一封长信，仔细询问她在国外应该学什么，国内最迫切需要哪方面人才，目的很简单，就是希望日后能够得到他的照应，给她安排一个合适的工作，傅斯年是曾昭燏的表姐夫，也是她哥哥曾昭抡的连襟。

曾昭燏留学的年份，是一九三六年，十年前，傅斯年那拨人衣锦还乡，风光十足，天上掉馅饼，到处都是好位置等待。转眼间行情大变，好头衔瓜分一空，椅子已经坐满。先前回来的精英，平心而论，不是在国外学得好，而是因为身居要位，有种种便利，又能够进一步努力，于是功夫不负有心人，一个个修得正果，渐渐有了成绩，在学术界的地位也更加牢靠，成为各领域的真正行家。轮到曾昭燏这一拨，前途虽然也无量，然而今非昔比，已不得不看菜吃饭，不得不仰人鼻息。

傅斯年被称为学术界的曹操，是一代枭雄，很会玩挟天子以令诸侯的把戏。他是山东人，有着山东汉子的爽快，自己有才，也很爱才，凡属看中的人，必欲收入手下为快。按照李敖的说法，国民党去台湾，一二流学者大都留在大陆，只有历史语言所的精英追随者最多，譬如李济，譬如董作宾，由此也可看出他的领导手腕。

傅斯年疾恶如仇，人称傅大炮。他的学问，本质上属于新派，没有留洋经历，完全执迷于旧学，往往不入他的法眼。著名学者容庚，论年龄还大几岁，抗战胜利，傅当了北大的代校长，以在伪北大任职为由，坚决将其扫地出门。容庚不服辩白，竟然被他招呼手下，扔到了大街上。

对于一个文人来说，显然没有比这更大的羞辱了。

罗家伦
当官第三，学问第二，最好的大学校长材料

罗家伦先生比傅斯年小一岁，迟一年入学，迟一年出国留学，本行专业也是历史学。他们是五四运动的两大学生领袖，当时出足了风头，傅斯年扬扬得意地认领陈胜，那个吴广，无疑应该是罗家伦。

罗家伦考上大学时二十一岁，有点晚，很多人在这个年纪大学已毕业。据说他的数学是零分，因为作文被胡适看中，得了满分，最后被北京大学破格录取。十二年后，罗家伦踌躇满志当上了清华大学校长，有个考生数学成绩也是一塌糊涂，英文和国文非常优秀，最后由罗家伦亲自拍板，由外语系录取，这家伙就是大名鼎鼎的钱钟书。

我对罗家伦的数学成绩是否零分，一直持怀疑态度，这本是

聊天的话题，不能太当真。还有人说钱钟书也是零分，其实是考了十五分，为了叙述方便，鸭蛋更能吸引人眼球。类似的高考佳话，很容易误人子弟，让一根筋的孩子上当，文理偏科肯定不是好事，天下没几个罗家伦和钱钟书，没那么多的伯乐。

罗家伦在国外留学，跑了诸多国家。在美国的普林斯顿大学和哥伦比亚大学上过课，又去过英国伦敦大学、法国的巴黎大学、德国的柏林大学，前后一共六年时间，听过的课五花八门，正经八百的学位，就算是有，估计也不太靠谱。好在那时候的中国，讲究学历，不在乎文凭，更无所谓学位。譬如饱学之士陈寅恪就没学位，钱钟书也只是一个副博士，相当于硕士研究生。

朱东润先生对罗家伦没什么太好评价，他自传中的有关文字，读了忍不住要笑出声来。一九三〇年，罗家伦在武汉大学做历史系教授，慑于五四领袖的名声，又是刚从清华校长位置上下来，听他课的人很多，窗台上都挤满了。罗家伦不谈历史，开口先英文如何，法文如何，德文和意大利文又如何，说不弄通几门外语，没资格研究历史，吓得学生都不敢吭气。

这情景很像钱钟书的小说《围城》，钱给罗写信，自称门人，口气十分恭敬，恭敬归恭敬，该挖苦的忍不住还得说几句。几乎不用比较，读者就会想到是谁。罗家伦当教授，说白了就是来头大，一下子先把学生给吓住，然而静下心来，正经八百谈学问，给学生认真上课，恐怕也是勉为其难。学问学问，首先要学会问，如果光会一个问，也还不能算真学问。

罗家伦与诗人徐志摩同年，都是浙江老乡，都有差不多的欧美游学经历。不过，他们似乎没太多交往，性格上，显然也不是一路人。五四后那一代留学生，有贪多嚼不烂的毛病，所谓志存高远，有时就是好高骛远。譬如徐志摩，刚出国学的是银行，一心想当美国第一任财政部长汉密尔顿那样的杰出人物，但很快改了主意，开始痛恨资本主义，博士头衔也不要了，干脆去英国追随哲学家罗素，结识作家高尔斯华绥，死皮赖脸地追求林徽因，与发妻张幼仪离婚。

根据张幼仪回忆，与徐离婚后，罗家伦追求过她，那时候她才二十三岁，虽然是被遗弃的少妇，却楚楚可怜，很招人疼爱。罗家伦回忆说，当年为了促成离婚，曾在一家餐馆帮徐志摩出过主意，准备为张幼仪寻找个下家，并且当堂拍板敲定，认为最合适的人选是哲学家金岳霖。没想到金也正好在这家餐馆吃饭，听到有人在背后议论自己，立刻跑出来，当场谢绝了这番好意。

罗家伦是否真的追求过张幼仪，毕竟一面之词，说不准。张出身名门，后来又靠自己打拼，成为大富婆，就算有过一段感情的小插曲，也不能算辱没了谁。不管怎么说，以合格的老公而论，罗要比徐靠谱得多。更何况当年的学生仿佛刚出炉的烧饼，个个都很抢手，国内很多大佬乐意择为东床，商务印书馆的大老板张元济就很看好罗，曾委托蔡元培做媒。

与傅斯年相比，罗家伦更像政客。傅是无党派人士，向来以名流身份厮混，罗跟国民党关系很深，是国民革命军司令部参议，和国民党一起打过天下，年纪轻轻就获得了少将军衔。为国民党的党化教育出过力，“四一二”反革命政变，他坚定不移地站在蒋介石一边。除了当过清华大学和中央大学的校长之外，他还当过首任驻印度大使（一九四七年），晚年定居台北，任国民党党史会主任委员，任“国史馆”馆长。

罗家伦一生中的最大贡献，是对南京大学的建设。说起南大校史，掰开手指数校长，说来说去，最不应该忘记的，还是这位抗战前后主政校务十一年的老校长。罗家伦当校长的那段日子，南京大学的前身中央大学，利用国民政府定都的大好机会，占天时得地利，获得了非常良好的发展。

与傅斯年一样，罗家伦的真正强项，是当研究学问的领导，是很不错的学术官僚、最好的大学校长材料。那几年的中央大学，因为罗的尽职尽力，一心想成为德国的柏林大学，成为法国的巴黎大学，成为英国的剑桥和牛津，当仁不让地升为中国第一大学。

朱家骅
曾是北大最年轻的教授

不知道台湾和香港的同胞如何看待朱家骅先生，反正大陆像我这年纪的人，看到他名字，首先会想到中统特务。考察二十世纪的历史，主管教育的最高长官，大多数时间，始终是个不咸不淡的角色。非要说教育部长重要，是蒙人，明白的都知道，远不如封疆大吏，远不如国防部长、外交部长。

说不重要也不太妥，我泱泱文明大国，自古重教育，蒋介石在权力达到顶峰的时候，还兼过教育部长。北洋军阀时期不说了，国民政府成立以后，教育部长时间干得最长的两位，一个是陈立夫，一个是朱家骅。两位都是浙江人，都是中统的大特务头子，最初学的专业都和地质采矿有点关系。

为什么教育部长要和中统特务有关呢，这个问题真让人搞不明白。受过去的老电影影响，中统和军统的形象多少有些漫画化，戴着礼帽，长衫里掖着驳壳枪，就是个小流氓腔调，专门与共产党作对。还有这个党部那个党部，电影上常常出现，都是反面人物，究竟什么组织结构，从未真正搞明白过。

难怪我们会搞不明白，连从旧社会过来的学者容庚，也始终搞不明白什么是宣传部，什么是党部。一九四九年以后，他老先生去“宣传部”汇报工作，尽管有人事先打招呼，他一开口，还是党部如何如何，而且一错再错，害得人家忍不住要笑。

从理论上来说，国民党的中统，有些像美国的联邦情报局，也就是俗称的FBI。事实上，无论中统还是军统，都是抗战后才有。当然它的渊源，可以追溯到抗战前。朱家骅确实当过中统局局长，不过根据惯例，他做局长只是兼职，真正负责任的是副局长，查朱的历史，和情治系统的关系也就是挂名。

朱家骅的人生轨迹，很容易跟陈立夫搞混，都是著名的党棍，都当过“中组部”部长，都一生追随蒋介石。都有着欧美留学经历，朱是德国博士，陈是美国硕士。朱当过浙江省主席，陈立夫的哥哥陈果夫当过江苏省主席，当过“组织部长”，蒋家天下陈家党，二陈兄弟向来搁在一起说，也是让人容易混淆的原因。

印象中，陈立夫比朱家骅岁数大，因为朱总是跟在陈屁股后面，永远是他的继任，掌管中统，掌管教育部，当总干事，这官那官，很像是陈的心腹副手。其实朱家骅比陈立夫年长好几岁，只比他的哥哥果夫小一岁。朱家骅与毛泽东同年，毛在北大当图书管理员，年轻气盛的傅斯年不屑一顾，而他绝对不会想到，当时朱家骅对傅也同样不屑一顾。

众所周知，民国时代的最高学术机构，是中央研究院，蔡元培先生是第一任院长。一九四〇年蔡过世，继任者就是朱家骅，很长时间里，我一直在想，这人何德何能，竟然担当如此重任。他在中央研究院院长的位置上待得最久，继任者才是胡适。

肚子里没货色，在这位置上坐不住。不说别人，单是傅斯年这样的大炮，做他的顶头上司，没点真本事显然不行。朱家骅能当院长，与他的资历有关，据说当时也得通过精英投票，陈寅恪私下还打过招呼，说我们要当回事，这院长必须在国外有些声望，不能只推举了蒋先生的那几位秘书，结果朱居然还比胡适多了四票。

也难怪朱家骅可以摆老资格，傅斯年做学生时，北大一共二十八位教授，仅比傅大四岁的朱家骅是当时最年轻的教授，教德语。中国现代史上第一批精英，往往都和德语有关，蔡元培真正弄通的就是德语，鲁迅和郁达夫的德语也相当不错，尽管这两个人没在德国留过学。

朱家骅年龄不大，却是德语界的老前辈。他曾在德国学习过工科，采矿工程系；学这个，又与出国前读同济德文医学堂有关，这学校是同济大学的前身。他还是老资格的革命党，十七岁时，汪精卫在北京行刺摄政王，受其影响，他甚至想在南京刺杀当时的两江总督张人骏。辛亥革命前，他发起组织了“中国敢死团”，被公推为团长。武昌起义爆发，他成为最积极的参与者，随黄兴去武汉支援，真枪真刀冲锋在前。

革命成功，民国政府奖励有功者，酬勋一批革命党人出国留学，名单中有汪精卫，有吴稚晖，有戴季陶，二十岁的朱家骅也名列其中。最后经费并没有着落，不得不自费留学，从一九一四年到一九二四年，他两次去德国，第二次是公派，拿到博士学位，继续在北大教书，当地质系教授，兼德语系主任。

朱家骅是国民党的“左”派，与共产党的李大钊并肩战斗，反对北洋政府。因为被通缉去了广州，如果留北京，他很可能会像李一样被张作霖绞死。此后，他担任了中山大学教授，地质系主任，很快又成为校长。随着国民党的成功，以他的资历和能力，想在官场上不一帆风顺都不可能。

成也官场，败也官场。人们羡慕成功，不屑的也是这个。尤其是和中统特务联系在一起，名望大打折扣。他还当过中央大学校长，时间很短，没什么太大建树，唯一可说的，只是知人善用，力荐了罗家伦。

陈立夫

官场沉浮，不如去新泽西当陶渊明

有个劝人及时行乐的段子，手机里广泛流传：不抽烟不喝酒，六十三。喝酒不抽烟，七十三。抽烟不喝酒，八十三。又抽烟又喝酒，九十三。吃喝嫖赌样样来，一百零三。最悲哀是谜底，大家都该学习的好同志，啥坏毛病也没有，只活了二十三。

段子中一百零三岁的是张学良将军，事实上并没有活到这个岁数，而且他抽的是大烟，也就是鸦片，比香烟厉害得多。因为这段子，不由想到另一位长寿的老人家陈立夫，生于一九〇〇年，比张学良大一岁，张活了整一百岁，陈是一百零一岁，按中国的虚岁，勉强可算一百零三。

二十世纪的风云人物，能活这么大年纪，不容易。以我所知，长寿的还有张群，他是蒋介石拜把子的兄弟，官至“行政院长”，也活了一百零一岁。还有何应钦，蒋手下的军方二号人物，九十七岁。最长还属宋美龄，这位“第一夫人”活了一百零六岁，还是女人厉害。

宋美龄是抽烟的，据说有六十多年的烟龄，她还写过爱情小说，抗战胜利以后，国人沉浸在打败日本鬼子的喜悦中，她干脆埋头文学创作，写了一部叫《往事如烟》的中篇小说。余华的一部中篇也叫这名字，估计当时也不知道三十年前的往事，要不然不会写一部同名的小说。

陈立夫有没有什么不良嗜好，不得而知。既然能活那么长久，他的种种嗜好，就算坏毛病，都可以当作长寿秘方。晚年鼓吹中医，提倡养生和孔孟之道，说白了也就是倚老卖老。五十多岁患糖尿病，这足以给今天类似的病人打气，即使已打了胰岛素，也没什么大不了，如果像陈那样，起码还有四十多年可活。

俗话说，世上没有无缘无故的爱，也没有无缘无故的恨。青少年时期的教育，让我们这代人很难对蒋宋孔陈有好印象。四大家族究竟如何，大家心里未必明白，可谁都觉得他们不是好东西。

论资历，陈立夫远不如朱家骅。他在官场上如鱼得水，呼风唤雨，与张学良一样，完全由于家族原因。张的爹是张作霖大帅，陈有叔叔陈其美哥哥陈果夫，都是不折不扣的官二代。四大家族沾亲带故，蒋宋孔三家沾亲，与陈家带故。陈其美是蒋介石的铁哥们儿，对他有知遇之恩，蒋重用二陈，与报恩有关。

陈立夫的最初志向并不在政治，他毕业于天津北洋大学，在美国留学，有货真价实的匹兹堡大学硕士文凭。二十五岁学成归国，没去当工程师，而是进黄埔军校，当了蒋介石的机要秘书。

一九二五年他刚从美国回来，绝想不到黄埔会闹出那么大动静。陈立夫也就是一个校长秘书，一个英文好的书生。他绝不会想到操场上练操的那些学生，很快叱咤风云，成为国共两党的军界领袖，更不会想到，自己追随的蒋校长，不过两三年，俨然成为国家元首。黄埔以一个军事学校创造的时间奇迹，后世不可复制。水涨船高，陈立夫的个人事业也随之辉煌，远非一名普通工程师所能达到。黄埔是个金矿，他很快赚得盆满钵满。

二十九岁，陈立夫成为国民党中央党部的秘书长，这是国民党历史上最年轻的秘书长。两年后，他又成为最年轻的国民党中央组织部部长。蒋家天下陈家党，他成为著名的党棍，中统的大特务头子，对付共产党很有一套，为蒋介石的一党天下“鞠躬尽瘁”。政治总是有点肮脏，他出过歪点子，夹带了不少私货，也得罪了很多人。

根据陈立夫自己的回忆，蒋介石动辄喜欢“娘希匹”，当年跟着蒋干的时候，曾要求他不许骂人，蒋还真的就没骂过陈。对这一说法，我不太相信，打是亲骂是爱，也不是什么人都能轮得上骂。事实上谁都知道，蒋后来很不喜欢二陈，兵败台湾后，对他们兄弟相当冷淡，将国民党的失败怪罪于党务，二陈成了替罪羊。

一九五一年，失意的陈立夫去了美国，他五十一岁，早年学的专业丢了，想来想去，只能靠养鸡过活，在新泽西当陶渊明。大陆人能记住的，还是追随蒋介石的那段从政历史，其实这只是他人生的四分之一，此后的道路仍然漫长。

养鸡事业并不成功，不至于穷困潦倒，基本上也就一介草民，一个在美国苟活的普通老百姓。毕竟他过去太显赫，养了十年鸡，没赚到钱，最后还是破产。除了养鸡，为糊口还做过食品生意，松花蛋湖州粽子年糕虾仁蛋炒饭，什么好卖就做什么，有一段时候，“陈立夫牌”的皮蛋和辣酱，在华人圈子里还有些小名气。相对于玩政治的糟糕，经济上的拮据，勉强自给自足，反倒洗干净了贪污嫌疑，很多人原都相信他藏匿了巨款。

一九六九年，陈立夫又一次回到台湾，安心养老。白云苍狗，出水才看两腿泥，撇开意识形态的冲突不谈，健康比什么都重要。二十世纪风云人物，不管你腕多大，在官场上沉浮，唯有活着才能笑到最后。

陈果夫
分到了蒋家王朝的原始股

陈果夫是陈立夫的哥哥，有段时间，我弄不明白谁哥谁弟。我还是个小孩子时，林彪从天上掉了下来，与他的宝贝儿子林立果一起摔死。立果两字把人搞糊涂了，因为立在前果在后。后来才弄清楚，弟弟立夫是留美学生，哥哥果夫就读于南京陆军第四中学。

甲午中日大海战，中国人虽然输了，却憋着口气，一直也想军国主义。经过两次世界大战，军国主义成为人人痛骂的贬义词，专指德意日法西斯，其实在晚清和民国初年，军国民是个很响亮的正面口号。在这个好战口号之下，陆军小学陆军中学应运而生。陆军小学每省都有，相当于今天的中学，陆军中学一共四所，北京西安武汉南京各一所，相当于今天的大专。陈果夫是浙江人，读陆军中学求近，自然是选择南京。

直到二十世纪二十年代，国民革命军北伐成功，饱学之士傅斯年喝了酒，居然叫嚣等到国家收拾好了，不但要灭了小鬼子日本，还要把西洋鬼子赶出苏伊士运河，然后呢，除了印度波斯土耳其这几个国家给它留着，其他统统“郡县之”。这话什么意思呢，就是要版图一片红，皆归我大中华。

普天之下，莫非王土，傅的豪言壮语，无意中流露出了军国民教育的痕迹。陈果夫比傅斯年略大几岁，接受的也是差不多的教育，受社会风气影响，身体虽然柔弱，骨子里仍然是文人，军国民的思想更加严重，毕竟毕业于浙江陆军小学，又读过南京陆军中学。

陈果夫父辈三兄弟，都有留日经历。父亲陈其业，是开明绅士，地方名流。有两位很了不起的叔叔，二叔陈其美，三叔陈其采。陈其美不用再介绍，陈其采又叫陈蔼士，日本士官生，军中资历比蒋介石还老。陈果夫最后没在军中发展，很出人意料。

陈果夫的军事生涯最可以吹嘘的资本，是武昌起义时率领陆军中学同学，奔赴武汉增援革命军。这以后，还参加过讨袁的二次革命，因为身体太弱，不得不脱离了军界。开始经商，进证券交易所当经纪人，一时间，真赚了一点钱。那年头，叱咤风云的蒋介石还没成名，为了革命筹措经费，跟着陈果夫一起炒股票，先赚后赔血本无归，很狼狈地破了产。

破产后的蒋在广州大获成功，招呼他一起干，于是陈果夫再次革命，跟着沾光分享，开始全心全意从政，成为著名党棍，并把弟弟立夫也拉进蒋家门下。

以炒股票形容投身革命，不太靠谱，也不太恭敬。一九二四年黄埔军校筹备成立，陈果夫只是在上海帮着代办一些学生制服，两年后，蒋校长玩大了，陈果夫便奔赴广州，成了国民党的中央组织部部长，这买卖是大赚一笔。

老蒋最后能在权力峰顶上站稳，陈果夫功不可没。他运用炒股票的精明，十分娴熟地处理党务，将蒋介石的位置一步步提高，直到推到最高点。陈果夫是政治斗争的老手，无论和共产党斗，还是与国民党的其他派别斗，都是蒋介石的心腹大将，屡战屡胜。作为回报，陈果夫也是一跃龙门，一步登天，当然这种成功有巨大代价，不只是共产党恨他，国民党也有很多人不喜欢。

恨他的人说，国民党中有二陈，等于人有了梅毒，没得救了。这话是国民党内部人说的，那年头，梅毒又叫杨梅大疮，基本上是不治之症，由此可见同志们的怨恨。不过恨归恨，其实内心更加惧怕，怕他玩清党，最后清到自己头上。二陈可不是好惹的，各地官员到首都南京办事，很多人不敢不前去晋谒。据说拜访和汇报工作的人太多，让陈果夫很不耐烦，于是他一边听人讲，一边随手画速写，对方并不知道，还以为他在做记录。

陈果夫身体不好，办事很认真，做报告常会从怀里摸出个玻璃瓶，往里面吐痰。这让听他报告的人觉得恶心，又非常好奇，那时候的工艺，玻璃瓶都不带盖子，怎么才能让痰不淌出来呢。

除了擅长搞党务，善于排除异己，他还兼过两个很肥的差事。一是导淮委员会的副委员长，千万不要小看了一个副字，因为委员长是蒋介石。自古以来，治淮就是吃重的角色，关系国计民生，在大清朝，河道总督都是一二品大员。

另一个肥差是中国农民银行的董事长，农民银行与今天的农业银行一字之差，在民国期间的地位也差不多，都是国字号的大银行。天下乌鸦一般黑，大家都觉得近水楼台，他绝对不会是什么好鸟，肯定又吃饱又捞足。陈果夫博得了骂声一片，倒是毛主席看好他，在重庆时，毛曾预言国民党迟早要完蛋，但是有了二陈，还能拖十年八年，因为这两个家伙不肯贪污。

陈果夫晚年失宠于蒋家王朝，声名狼藉，在台湾十分穷困。

日子过不下去，不得不放下身段，给当时的交行行长赵棣华写信，讨要自己兼职农民银行时的车马费。此时农民银行已撤销，虎落平阳，他居然还惦记着车马费那点小钱。

陈布雷

生为蒋之人，死为蒋之鬼

老作家林斤澜是浙江温州人，聊天时，喜欢煮酒论英雄，历数文坛好汉。觉得比他年纪长的那辈老作家，浙江最厉害，鲁迅茅盾郁达夫，拎出来都是响当当的人物。俗话说文无第一，武无第二，文章究竟谁更好，不太容易扯得清，所以沈从文先生不唠叨这个，只说浙江人厉害，我们湖南人打不过他们。

沈从文不是服软，是说气话，二十世纪最初的那些年头，蒋介石得了志，湖南人常常不是浙江人对手。他的意思是说，湖南人嘛，吃辣子，脾气倔，打仗流血牺牲，最后坐江山的都是浙江人。

浙江人确实厉害，五四时期北京大学的系主任，居然有一半是浙江人。蒋介石手下的文武大将多为老乡，他有个坏毛病，爱玩同乡会。据说只器重两种人，浙江人和黄埔学生，一登龙门，立刻身价百倍。其他省籍人士难免心存不满，不是黄埔出身更是出头无望，想卖命也是白白流血牺牲。

记得刚读到《告黄埔同学书》，心头总有些感慨。一方面，这文章写得太好了，真是能说会道，想不到蒋介石竟然有如此文才。另一方面，也觉得近乎套得矫情，过于浩然正气，明眼人都能看出虚假来。尽管当年这所军校的门柱上，贴过两条著名标语，“升官发财请往他处，贪生怕死勿入斯门”，结合中国的历史看，要想升官发财，还真没有比黄埔更快的捷径。

《告黄埔同学书》是最好的公文范本，在这封诚恳殷切的公开信中，蒋批评他的学生，说他们刚出校门便太在乎做官，二期三期的同学不屑做营连长，四期的同学不屑做连排长，即将毕业的五期同学干脆找不到差事。这篇文章写于一九二七年，北伐还没完全成功，黄埔学生只是刚露头角，飞黄腾达的日子还在不远处等着他们。

后来我才知道，《告黄埔同学书》是陈布雷送给蒋介石的见面礼，或者说，是一篇倚马可待的命题作文。蒋介石后来愿意重用陈，最直接的原因，就是他会写文章，是支好笔杆子。文武之道，一张一弛，蒋介石明白，要想做个合格的领袖，身边没一支生花妙笔不行。

陈布雷是蒋的文胆，在他自杀前，蒋介石所有重要文章、通电、演讲稿，包括某些日记，譬如畅销一时的《西安半月记》，都是陈的杰作。版权所有，其实是版权没有，顺便说一句，美国总统克林顿的自传也是别人代笔，这部书的稿费，比当一百年总统的薪水都高。

陈布雷很会写，随葬品中，最吸引人眼球的，是一支派克金笔。“文革”中的造反派，心头充满了恨，常有些匪夷所思的革命行动。一生气，便大义凛然地将人家祖坟给刨了。傅斯年母亲的头颅，挖出来，浇上洋油点天灯。以讹传讹屡屡发生，徐志摩的墓被挖了，据说当年飞机失事，脑袋撞没了，家里有钱，下葬时安了个金头。民间听到“金”字眼睛就会放光，陈布雷坟里有金笔，所谓金笔不过是一个小小的笔尖，老百姓才不管这个，先挖出来看看再说。

陈布雷是浙江慈溪人，与蒋介石老家奉化一样，都属于宁波市。他生于一八九〇年，属老虎，与陈寅恪先生同年。虽然同为文化人，与做学问的陈寅恪相比，陈布雷显得更传统，更像旧式文人，依附于权贵，奔走于豪门，当幕僚，舞文弄墨耍笔杆子。一抔之土未干，六尺之孤何托？往好里说，搁在唐朝，他就是写

《讨武氏檄文》的骆宾王。往不好里说，也就是陈伯达姚文元之流，只能帮闲或者帮倒忙。

陈布雷的理想，原先只是当个好报人，办一份有影响的报纸，当主笔，激扬文字指点天下，然而拒绝不了权贵的引诱，终于上了蒋介石的贼船。成也在此，败也在此，领袖欣赏他，有恩于他，他便投桃报李，生为蒋之人，死为蒋之鬼。考察为蒋重用的文武大员，尽忠殉节者寥寥无几，陈布雷应该算一个。不管别人怎么看，我更愿意相信他是眼见着蒋介石大势已去，心有不甘，心有不忍，才最后选择了自杀。

江苏作协很长一段时间都在颐和路二号办公，隔开一个门牌号码，就是陈布雷公馆。很漂亮的一栋小楼，铁门紧锁，从旁边走过，我忍不住会想起当年的主人，想到他绞尽脑汁，想到他写的那些奇妙词句，铿锵有力，金属铸造出来的一样，扔地上都会有声音。

说老实话，文人混到陈布雷这般境界，确实不容易。人生的成功莫过于富贵，莫过于尽其所用，想想我们的那作协，也算是个养文人的地方，有时候也会有些虚名，有点蝇头小利，可是诸位的笔力与陈布雷相比，真是小巫见大巫。

彭德怀的大姨子浦熙修是位很有名的记者，她采访陈布雷，问在门派林立的国民党内部，他属于哪一派。陈对于这问题有些恼火，知道来者不善，苦笑着一口气报了很多名字，说这些同志都是他的好朋友。他的意思很明白，各派都不愿意得罪，根本无意于朋党之争。

人生得一知己足矣，陈布雷只有一个信念，始终保持忠诚，即使事实证明，蒋介石已错了，已无可救药。

马寅初

其实他和鲁迅一样，都是学地矿的

有朋友看了我的专栏，很感慨，说没想到国民党的两位中统特务头子，会是学地质矿物出身，而且都当过教育部长。我一开始也觉得奇怪，天下事这么奇巧，书看多了，就觉得很正常。在过去年代，地质和矿物犹如后来的电机、计算机，还有生物，够时髦，又与饭碗有关，大家都相信学了这个，日后找工作容易。

真正老资格学过矿物的，是鲁迅，还有后来的北京大学老校长马寅初。我所知道的著名人士，除了李四光学这玩意儿修成正果，其他人都是当作敲门砖，都半路改行。朱家骅和陈立夫从政当官，鲁迅成了文学家，马寅初成了经济学家。因此结论也简单，人生一世，学什么专业不重要，干什么才重要，干成了什么更重要。

李敖先生到北京大学演讲，狠狠地恭维了马寅初，说老先生坚持真理，竟敢和老人家的意思拧着干。马寅初以经济学家成名，生在乱世，没多少用武之地，一辈子也谈不上多大特殊贡献，能让人记住的，也就是提醒大家管好自己的玩意儿，注意控制人口。中国人太多了，多得让人一想到就心烦，就抱怨。

人口问题后果很严重，也很简单。用不着多少学问便想明白，掰掰手指就算清楚，以马寅初自家为例，他老先生生于一八八二年，比鲁迅小一岁，是家中的老五，也就是说，这一代兄弟五人。到子侄一代，有男十一人，女二十二人。到了孙辈，已变成四十七人，男二十人，女二十七人。

用传统眼光看，人丁兴旺是好事，在经济学家眼里，前景并不太妙，基本上是灾难。马寅初的本科虽然是矿冶，却是耶鲁大学经济学硕士，哥伦比亚大学经济学博士。学经济的人皆会算账，他不得不对当权者说老实话和大白话。广大的农村没电，天一黑就睡觉，这是人口增加之重要原因，不计划生育不行。

尽管一再强调他的人口学观点与马尔萨斯无关，说自己是不折不扣的马克思信徒，毛主席还是一眼就看穿了这个资产阶级把戏。要知道，讲人口学的马尔萨斯，好人坏人都不待见，马克思不喜欢，斯大林不喜欢，希特勒和墨索里尼也不喜欢，蒋介石恨，毛泽东也恨。

贩卖一个大家都讨厌的观点，很危险。马寅初逆水行舟，仗着岁数大，资格老，以为说几句不中听的肺腑之言，也算是感共产党的恩，帮同志们一把。所幸他并没有因此被打成“右派”，也没有遭过分残酷迫害，相对于另外一些敢说真话的著名人士，已经很幸运，有些委屈，还算不上太亏待。

马寅初是大清政府保送出去的留学生，毕业于北洋大学的矿冶专业。祖辈酿酒和卖酒，到了他这里，忽然想明白洋学问的好处。他爹原来只希望他长大当个小老板，自家酒店管管账，没想到儿子非要读洋学堂，而且以死相逼，不让我到城里去读书，就死给你老爹看。据说是真的投过河，他爹吓得不轻，只好送儿子到上海去读中学。

马寅初是浙江嵊县（今嵊州）人，一个乡下人，能去城里读书，去大城市上海，后来又去天津上大学，说明家里有点经济实力。他最终在美国获得了博士头衔，等到学成归国，大清朝已不复存在，袁大总统刚一命呜呼。一百年前的出洋留学，绝对真金白银，马寅初先在北洋政府的财政部混了一年，然后便是北京大学的经济系教授和系主任。

当时别的教授上班都是黄包车，只有他神气十足，天天很威风地坐着大马车。出过国门的人就是不一样，难怪朱自清在日记中会不断提醒自己，没有留洋资历的人即使当了系主任，也一定要低调，要兢兢业业，否则弄不好就会被别人挤兑了。

平心而论，二十世纪一百年中，真正有机会搞经济的好日子并不多。乱世英雄起四方，枪杆子里面出政权，不太平的日子居多，很长一段岁月，不是战争，就是政治运动。生活在这样的时代，好死不如赖活，话听起来有点糙，不过意思倒是不错。考察马寅初的一生，让人羡慕之事不少，说一千道一万，首先还是一个活得长。

马寅初活了整一百岁，经历得多，这政府那政府，都见过。遭遇了各式各样的运动，我们如今津津乐道的一代文化名人，大都是五四青年，可他却是不折不扣年近不惑的五四中年。他这一生，大多数时候吃香喝辣，新和旧的便宜都占。当北大教授不久，便公然娶妾，找了个刚满十三岁的幼齿。在以后的漫长岁月，始终一妻一妾，直到老死，害得胡适十分嫉妒，说他身体好性欲强。

马寅初在新中国政府中享受的是行政三级，相当于副总理和人大常委会副委员长。这级别相当高，高过省长省委书记。难怪有些抛头颅洒热血的老革命不服气，天下是老子打下来，你一个臭老九何德何能，竟然待在这么高的位置上。因为人口论争，他开始遭到冷遇，被迫辞了北大校长，行政待遇却一直享受。

一般老百姓也搞不太明白这行政待遇，打个不恰当的比喻，基本上是英国贵族的享受，有公家指定的很大的四合院，有专职司机，有秘书，还有服务员。

胡　适

别看学位，看学问

小时候，一直搞不明白胡适为什么又叫胡适之，向大人请教，也说不出所以然。有点学问的告诉我，适是名，适之是字。想打听某个人，常会问这家伙叫什么名字，名和字是两个意思，名是名，字是字。我越听越糊涂，所以就不太喜欢胡适。

不喜欢胡适还有俩原因，一是鲁迅先生不喜欢。受教育的影响，我小时候对人物的偏好，基本上跟鲁迅走，他老人家喜欢我就喜欢，不喜欢就跟着骂娘。小孩子心目中只有两种人，好人和坏人，胡属于坏人，为什么，这个一点都不重要。

到大一些，开始能看小说，看外国小说，无端觉得只有作家才叫伟大，而且必须是世界级。胡适不能算大作家，虽然文学史上必定提到，他又没什么了不得的作品，偶尔看到一些，一场独幕剧，几首白话诗，平心而论，都不怎么样。

我读研究生的时候，为了挣点小稿费贴补家用，给《中学生》开过专栏。说起来也荒唐，用的是父亲的笔名，老气横秋大谈过去，害得一些中学老师都以为我是从旧社会过来的人。记得也曾写过胡适，专谈他年轻时如何荒唐，游手好闲，吃花酒，喝醉了居然打警察，终于有一天觉悟了，明白这样是不对的，应该感到羞耻，于是开始发愤读书，很快考上“庚子赔款”的第二期官费生，到美国留学，从此走上正道，前途无量。

仅仅把胡适当作一个励志故事，显然不够。我是个喜欢读闲书的人，乱七八糟的书看多了，对胡适的认识就有变化。当然，也会在一些并不足道的小事情上花功夫，譬如胡适的学位。在过去年代，只要在国外混过几年，回来很不一样，你堂而皇之地说自己是博士，还真没什么人会怀疑。胡适在美国读了七八年书，以他的聪明和智慧，拿个博士学位应该没问题，可惜这是现在的观点，搁在当时，细究起来，并非那么简单。毕竟人家读的不是美国的野鸡大学，花点钱玩玩函授就能搞定。

胡适刚出国，学的是农科，后来转行文科。真正用来攻读博士，不过两年时间，勉强把课程读完已很不错。因此他回国，大家都喊胡博士，其实并没拿到学位。同样道理，冯友兰在国内读完大学，去美国混了三年，读完了应修课程，扛着博士头衔打道回府，事实上也没拿到学位。

胡适和冯友兰都是读的哥伦比亚大学，都是杜威弟子，学位都是后补。冯小四岁，拿博士头衔却在之前。胡适十年后才拿到，这时候，他早已大名鼎鼎，有没有已很不重要。

胡适和冯友兰虽然同一所学校，差不多的著名导师，为人为文，风格完全不一样。后来学人比较过两人的博士论文，颇多感慨，譬如夏志清先生就觉得冯的“英文很劣”，“很丢人”。

大哲学家罗素对胡适的论文评价非常高，有学者在胡的日记中发现了相关文字，是罗素写的关于胡适的一个书评。有趣之处在于，胡适生前从未对人提起过，他似乎无意借助别人的评价来包装自己。

哥伦比亚大学正式授予博士学位时，胡适早已是文坛大亨学界领袖，“我的朋友胡适之”是当时最流行的笑话。除了这顶当之无愧又姗姗来迟的博士帽，他一生共获得了三十多个荣誉博士头衔，我懒得再去查还有谁更多，反正到了这数目，多一个少一个已无所谓。获得如此之多的博士头衔，与他当过大使先生有关，美国佬也是拿村长不当干部，为了讨好中国的驻美大使，仅仅在一九四二年，就扔了十顶博士帽给胡适。

考察近现代中国，学界在一开始，真不太看重头衔，有学问的人多，懂学问的人更多。梁启超没留过学，陈寅恪连个像样的本科学历都没有。有人以民国政府官员举例，当时的部长相当一部分有洋博士头衔，大叹今不如昔。譬如教育部长朱家骅和社会部长谷正纲，都是留德博士，不过，学问究竟有多大，应该打一个问号。还有留美的孙科和留法的王世杰，说学问好，恐怕也难以服人。过分看重从来不是好事，看重什么毁掉什么，在中国已成为常态。

胡适的学问和为人，跟他的题字一样明白。用明白来评说字，肯定会被书家讥笑，有个玩书法的好友，有一天突然对我盛赞胡适的字，说现在太多的人写鬼画符一样的草书，字迹里一点文化含量都没有。老实说，文化含量很玄乎，不过对胡适确实可以有不断的重新认识。与二十世纪第一流的学者相比，胡适显然还有些浅，这个浅，就好像他的书法作品，总是出现标点符号一样刺眼。

胡适无疑是二十世纪最有文化的人，他的一些想法，在今天越来越有意义。少谈点主义，多做点学问，他的学问从来不是深奥。提倡自由，抬到了至高无上的地位，同时他又说，容忍比自由更为重要，因为只有容忍“异己”，才可能会有真正的自由。

自由和容忍让胡适变得博大，他投身政治，涉足官场，都不成功。在过去，我一直觉得这是污点，现在终于明白，敢把自由和容忍带进政治和官场，虽败犹荣，是政治和官场对不起他。

赵元任

两颗假牙成就语言天才

季羡林先生以当事人身份，回忆胡适当年如何仓皇离开北京。解放军炮声隆隆，燃放鞭炮一样，胡适依然满面春风，与大家谈笑、揖别。后来有人不相信这段回忆，提出了种种质疑，季先生十分无奈，也懒得去辩，只好说这是他脑子里的记忆，别人爱信不信。

这个段子可以看作是对历史的最好注解，六经注我，我注六经。阅读过去回忆当年，事实真假都在其次，关键是我们愿意相信什么，需要什么样的真相。八十年代中期，汪曾祺和黄裳两位先生到常州，晋谒赵翼故居，我有幸陪同，印象中除了破败，只记住几根粗大的楠木柱子。还有几位混得很潦倒的赵氏后裔，见了我们表情木然，汪和黄与他们热情谈天，这才有点笑容。

赵元任是胡适同期的留美学生，都是“庚子赔款”的二期生。他比胡小一岁，能够八卦的事很多，譬如他的先人，往远处说，可以追溯到大宋皇帝。往近里说，就是这位赵翼，乾隆年间的探花，写过“江山代有人才出，各领风骚数百年”，他爷爷的爷爷的爹。

很显然，同样姓赵，境遇可能天和地。赵元任曾位列清华四大教授，与梁启超、王国维、陈寅恪齐名，有人谈到他的赫赫成就，说不外乎两个原因：其一，出身名门；其二，留学美国。细究起来，未必站得住脚，赵氏后裔众多，独独出了一个赵元任。留学美国的同期学生一共七十名，我们所能知道的，也就胡适、赵元任加上竺可桢。

一个人的成功会有很多原因，有时候，反倒是一些不入眼的小八卦，更能够说明问题。胡适说自己的思想觉悟，最受启发的是留学时观看体育比赛，观众忘情投入的狂呼，让他突然意识到身心大解放的美妙，从此性格大变，开始积极向上，变得热情开朗。赵元任回忆留学，认为非常重要的一件事，是他当年听从校医建议，修补跌落的两颗门牙，此事虽小，却非同小可。

赵元任少年时不慎跌落了两颗门牙，常遭小伙伴讥笑。笑人齿缺曰狗窦大开，他因此一直羞于言笑，性格不免内向。众所周知，赵元任是著名的语言大师，最厉害的就是嘴皮子，能说好多门外语，会讲无数种方言。早在出国留学前，他的英文和德文已相当不错，可是没有门齿，遇到某些发音十分困难。镶了假牙，不仅人变漂亮，成为帅哥，而且发音也更加清晰。

真不能小看了两颗假牙，赵元任很感激它们，在回忆录中说："我觉得我是一个勇敢的新人，完全具有面对世界的信心。"

在大清政府完蛋以前，共有三期"庚子赔款"学生，第一期四十七人，第二期七十人，第三期六十三人。基本上学理工科，最多的是采矿和电机，以第二期为例，学文科的也就四五个。其中赵元任和胡适还是半路出家，赵的本科是物理，读博士才是哲学。胡适一开始学农科，面对一堆苹果，根本分辨不了，害得他信心全无，不得不痛下决心改行。

因为赵元任和胡适的成名，就得出学文科更有前途，一定大错特错。这三期留美学生中，大多数还是默默无闻，学理和学文都可能有出息，也都可能没出息。不过从大多数学生的选择来看，也验证了早在一百年前，就已经是学好数理化，走遍天下都不怕。出于饭碗的考虑，当然学理工科好，尤其工科最经济实惠。

赵元任学物理的时候，喜欢音乐，在作曲上下过功夫，据说唱得也很不错。大家熟悉的《教我如何不想他》便是他作曲，搁现在，也可以算作流行音乐的旗手之一。不过，他学问方面最出色的还是语言学，后来的语言学大家，如王力，如朱德熙，如吕叔湘，都是他的学生。

他的语言天才，传得神乎其神，不只会多门外语，难得的是还能辨别各种地方口音，知道巴黎土语，熟悉伦敦黑话。据说战后做客德国，他讲了一口纯粹的当地话，以至于老百姓误会了，为他感到庆幸和祝贺，能活下来真不容易，竟然躲过了狂轰滥炸，没有死于“二战”。

用巧舌如簧来形容赵元任并不为过，罗素先生当年来华，到处巡回演讲，赵元任担任翻译，既能将英文译成中文，还能立刻转换为各地方言。他可以讲三十多种方言，简直就是一个出色的相声演员。

赵元任是最早用科学方法来对付语言学的人，我曾经以为他的物理是白学了，后来才明白，语言学研究尤其是语音，还真的与物理分不开。可惜处在乱世，长年生活在国外，更多的是为洋人所用，显得不咸不淡，硬生生地把自己的绝学，变成了通俗的国际汉学。

他不得不不厌其烦地告诉外国学生，中国人喜欢用语气助词，动不动爱问别人吃了吧，喝了吧，这个“吧”可不能随便用，譬如不能放在王和季的后面，你不能问人家姓王吧，姓季吧。因为谐音，别人有可能听成“王八”和“鸡巴”，对于中国人来说，这是非常忌讳的。

堂堂清华四大教授之一的赵元任，大把气力花在这种普及教育上，真很屈才。学汉语的洋鬼子也太幸运，给他们上课的，是中国最挺尖的大教授。

竺可桢
为何宋人不知梅

“庚子赔款”二期学生中的三杰，相差一两岁，赵元任最小，胡适居中，竺可桢最大。活最长的赵元任，九十岁。其次竺可桢，八十五岁。胡适最短，活了七十二岁。他们的政治观点，非要分成左中右，胡适显然偏右，当过国民党的官，去了台湾。赵元任中立，长年生活在国外，国共两不得罪，新中国成立以后，回过两次大陆，一是“文革”中，一是八十年代初。偏左的自然应该是竺可桢，最有力证据，是他老人家七十二岁，还加入了共产党。

这个划分似是而非，平心而论，三位老同学有太多的共同点，都有学问，都有身份和地位，都是统治者想利用的人，一辈子吃香喝辣。西方的自由思想给他们打下了基础，又能出淤泥而不染，可以算得上堂堂正正。三位的背景其实很相似，都是说吴语的江南人。胡适的籍贯是安徽绩溪，地处皖南，生在上海大东门，听口音仍然还有吴语腔。赵元任是常州人，随着做官的父亲到处走，居家一直是说家乡话。

竺可桢是浙江上虞人，家境自然说得过去，好像是一个米老板。他的中学先是在上海读的，后来又去了唐山路矿学堂。科举取消，当时的父母真不知道该让孩子学什么，最简单的办法就是学路矿。以浙江籍人士为例，鲁迅、马寅初、朱家骅、陈立夫，都和矿物打过交道，都是不了了之半途而废。

到了美国，与胡适一样，竺可桢在一开始，也是学习农科。中国是个农业大国，万事以农为本，他稀里糊涂地就进了农学院。直到本科毕业，才转进哈佛的地理系攻读气象学。这一次，算是入对了门，找到了真爱，不仅非常顺利地拿到了博士学位，而且就此成为中国气象学的一代宗师。

南京市内的最高处北极阁，现在依然还能看到当年的气象台遗址，不过已改成了气象博物馆。它最初就是由竺可桢领导所建，因为是在山上，用水很不方便，不得不修一条公路，用汽车送水上去。竺可桢给气象定位很高，觉得很多事都离不了它。气象乃万物之首，战争年代打仗，首先要考虑到气象。不仅战时如此，日常也是这样，大到农业，小到出行，刮风下雨都不能不在乎。

气象学还可以用来研究历史，郭沫若曾向竺请教，唐贵妃得宠之前，玄宗有个梅妃，喜欢在宫中广植傲寒斗雪的梅花。可到了宋朝的苏东坡笔下，已是“关中幸无梅”，这到底是怎么回事，陕西一带的梅跑哪儿去了。竺可桢没被问住，立刻就给出了答案。

全球化变暖是时髦话题，成了要环保的重要依据。然而竺可桢却用一张曲线图，向我们形象地展示了地球表面的温度变化。具体地说，在唐朝，地球相当温暖，那年头黄河流域的气温，与今天的长江流域不相上下。以梅花为例，它虽然傲雪斗霜，并不耐寒。到了宋朝，地球突然变冷，黄河流域的温度急遽下降，梅花难以生存，于是形成了“不知梅”的现实，王安石便曾讥笑北方人分不清梅花和杏花。

根据竺可桢的温度曲线图，今天的平均气温，已接近唐朝，而历史上最冷的年代，在北宋。同时，曲线图还告诉我们，气温的冷热变化，不一定是个缓慢过程，它像股票一样，一会儿牛市，一会儿熊市，突然跳水也是常态。气温变化与干旱洪涝有密切关系，许多疑问我们还不能解释，轻易就下结论，很可能会有严重后果。

竺可桢后来屡屡被人提到，当然不是由于气象学，更重要的原因是，当过十多年的浙江大学校长。中国是个重教育的国度，在新中国成立前，当上县中学的一校之长，基本上跟县太爷差不多。不平常的年代，当上著名大学的校长，那是非常的不平常。现如今的部级高校领导任命，据说也还要经过政治局讨论，因此校长一职的被看重，不仅传统，而且仍然延续。

抗战胜利，当时的教育部长朱家骅打电话给赵元任，希望他回国出任中央大学校长，赵很潇洒地回电:“干不了，谢谢。”北京大学的校长则由胡适担当，考虑到他老好人，号称“大炮”的傅斯年先代校长，对原有教职员大加整顿，用傅的话说，是替胡“清君侧”。

竺可桢担当浙大校长是在抗战前一年，当时他在南京定居，为要不要当这个校长十分犹豫。读《竺可桢日记》，记忆最深的总是赶来赶去，每周在杭州待几天，在南京住几天。他详细记录了路上需要的时间，当时宁杭国道比较好走，半天也就到了。

如果不是抗战，这校长未必当得长，一开始只想顶替一阵，可是抗战爆发，他不得不挺身而出，带着学校西迁，结果成了浙大校史上最重要的一位校长，干了十三年。他当校长的口碑极好，查民国年间的大学，学生极难侍候，学潮一个接着一个，当校长能一口气干这么多年，恐怕也是绝无仅有。

行政工作会影响做学问，不言而喻。胡适的著作，常常写了上本没下本，显然与太多兼职有关。凡事都有得有失，竺可桢当了多年的大学校长，科研水平不可能不受到影响。

陈西滢

鲁迅最痛恨的人

写完了竺可桢，情不自禁想到了陈西滢。陈西滢就是陈源，就是那个《西滢闲话》的作者，那个曾经让鲁迅最痛恨的人。鲁老夫子骂人一向厉害，喜欢痛打落水狗，他如此痛恨，死活不肯放过，不是没有缘由。堂堂北大教授陈源，居然写文章说他剽窃，白纸黑字，男盗女娼是最歹毒的骂名，鲁迅焉能咽下这口恶气。

陈源有个小妹叫陈汲，是竺可桢的后妻，竺的前妻是民国名女子张默君胞妹，两位妻子一位有个不一般的姐姐，一位有个不同寻常的哥哥，倒也是个有趣巧合。陈源与竺可桢似乎没什么太多交往，这妹夫要比他大好多岁，他们算不上一路人。

陈源从国外留学归来，一直当教授，先在北大，后来又去武汉大学。做了许多年文学院院长，当年武大的派系斗争十分厉害，有湘军和淮军之分，陈源是无锡人，夹在湘淮两军之间，日子并不好过，焦头烂额。最后终于辞去教职，从政，成了国民政府的外交人员，驻联合国教科文组织首席代表。

后来有人劝过他，希望考虑回大陆，他很理智地谢绝。这个理智十分有道理，否则回来了，用不着熬到“文革”，就可能送了小命。与鲁迅过不去，不是件闹着玩的事。事实证明，无论“左”“右”都不会有好下场，那个几乎气死了鲁迅的徐懋庸，还有以周扬为代表的“四条汉子”，一个个革命有功，官做得都不小，因为反对过鲁迅，哪位不是被整得半死。

有文章说陈源很会骂人，与鲁迅打笔仗，也算棋逢对手，触到了对方的痛处。我觉得这有些想当然，过分高估了，陈源太绅士，英国味道太足，文化有余，幽默凑合，说战斗性就那么回事。他与鲁迅交手，也与周作人和刘半农对过阵，说岁数，陈源年轻许多，学历高出不少，可是一点都不气盛，基本上处于下风，年轻管个屁用。

因为鲁迅，以往的现代文学史，陈源往往是个反面角色。后来翻案之风盛行，不时地有人出来为他说话。确实事情也没多严重，文人相轻，吵吵架，红个脸，说几句狠话，本是思想自由之体现。这场争斗过后，鲁迅与陈源也见过面，两人还握了手，并不是你死我活。

一直觉得陈源欠个道歉，证据确凿，鲁迅没抄袭，胡适出面打过圆场。对方会不会接受道歉不重要，以鲁迅的脾气很可能不需要，但是对于有绅士风度的陈源，认了错心里反而更踏实一点，抄袭就是抄袭，没有就是没有。

印象中的陈源，老实，很无用，是个老好人。先说家庭，他的妻子是凌叔华，既是作家，也是画家，标准的才女。家有才女往往好坏参半，难免有麻烦，有难言之隐，会有这样那样的矛盾。有矛盾很正常，然而作为名人，拿出来让别人八卦，便有些不堪。

我读研究生，去陈瘦竹先生家请安听训，他是现代文学专业当仁不让的老爷子，提到当年的老师陈源，热泪盈眶，连声说是好人，非常好的“好人”。不是什么人都可以担得起“好人”，陈瘦竹是很严谨的学者，他如此动情，就是想纠正我们脑子里对陈源固有的坏印象。后来读到台湾吴鲁芹先生的散文，他的文字非常好，文风纯正，提到陈源，也是一口一个恩师。

我祖父与陈源有过交往，他做文学院院长，曾邀请祖父去武大教国文。武大与南大一样，向来以保守著称，既看不上新文学，也不喜欢外国文学。结果祖父很快就辞职，为这事，陈源显然不是很开心，毕竟祖父他喊来的，是驳他的面子，过了不久，也愤然辞职离开武大，这至少说明他这人还是讲交情的。

自一九二二年回国，陈源一直在大学当教授，离开武大，意味着要与国内的高校分手。他的文笔曾得到过好评，有人吹捧，说他的英文比英国人还地道，结果《语丝》同人哗然，刘半农很刻薄地挖苦，说没想到陈源的水平竟然比英国文豪更厉害，害得他有口难辩，只好装哑巴。

陈源与傅斯年同岁，虽然都有留学英国的背景，却一点都不强悍。这或许就是江南人和山东人的区别，他身上没匪气，更没霸气。觉得自己文章写得不错，也明白靠这个未必能养活一家老小，毕竟他不是英国的文豪。据说在国外的那份差事，也是凌叔华帮他讨来，由此可见，除了不强悍，还不能干。

作为国民党政府的公职人员，陈源忠心耿耿，可怜一片老臣心。一九六四年，法国与大陆建交，关闭了台湾驻巴黎的“大使馆”。“驻法大使”不得不黯然下旗回台湾，留下陈源以“联合国中国代表”名义驻馆看守。法国人不讲交情是有历史的，翻脸不认人，巴黎冬天很冷，既然断交，那就将暖气也停了。陈源孤身留守，相当狼狈，连吃喝都没有一个着落。两年以后，法国人又玩幺蛾子，要收回使馆，陈源据理力争，倚老卖老，最后被巴黎军警强行架出。

陈源大病一场，然后便去伦敦养老，走完生命中最后一段路。

朱东润

天下尽欺老实人

说起留洋，越老越值钱，像胡适这样的庚子赔款生，因为在辛亥革命前，还是大清朝，难免提起此马来头大。而且是官费生，所谓官费，要靠真本事去考，要过关斩将。当然，还有一路是家里有钱，敢真金白银地去花费，譬如徐志摩，标准的富二代，比洋人还有钱。又譬如陈源，人家连中学都在国外念的，一混差不多十年，进的又是名校，博士学位货真价实。

除此之外，就是勤工俭学，到国外去混，混一天是一天，赖一年算一年。最典型的例子莫过于朱东润先生，他是勤工俭学的前辈，前辈和后辈的区别，不只时间有先后，关键是人生态度大不同。五四运动后勤工俭学那拨人，受十月革命影响，意识形态发生重大变化，有很顽强的政治意识，不跟共产党走，就跟国民党跑。

朱东润与陈源同岁，一九一三年去英国留学，这一年他刚十七岁，与国民党大佬蔡元培和吴稚晖同船到达欧洲。平心而论，要有心政治的话，倒真是前途无量。首先有个好出身，他的三哥是革命党人，在光复南京的起义中英勇捐躯。其次，出国前，他在一家报社打工，这报纸是国民党机关报，几位主笔都名震一时，天天打交道的，是汪精卫、蔡元培、吴稚晖这样的大人物。

朱东润的最初梦想，是成为一名新闻记者，像他所熟悉的那些大人物一样。可是到了英国，遇到的都是现实问题，不得不考虑如何生存，怎么才能有一口饭吃。他的英文程度也就那么回事，勉强对付而已。英国不像法国，想找工作根本没门，这里的工人很霸道，坚决排外，不像法国工人那么好客。当不了英国民工，他只能靠给国内的出版社翻译挣钱，拿中国的稿费在外国讨生活，这日子显然不太好过。

翻译稿件是朱东润不太愿意提起的一段往事，都是些三流作家的东西，甚至是不入流。反正一手交钱一手交货，完了也就完了，实在当不了什么话题。用他的原话来说，就是“不久以后，这些译述也迅速烟飞烬灭，一点也不值得惋惜”。在大英帝国待了两年多，袁世凯称帝，远在异国他乡的朱东润革命热情被点燃，毅然决定回国参加讨袁。

据说当时的驻英公使曾派人许诺，如果朱东润不回国，可以补办一个公费生名额。开弓没有回头箭，既然下了决心，就要毫不犹豫地实行。那时候正是第一次世界大战期间，德国潜水艇是最大危险，随时会对大西洋航行船只发动攻击，可是这已拦不住他要回国讨袁的热情。

等到风尘仆仆赶回国，袁世凯不仅不在皇位上，而且一命呜呼。这个短命皇帝莫名其妙的折腾，害得朱东润走投无路，讨袁已不成立，重回英国也无可能。思来想去，只能和在英国一样继续埋头译书，这时候，他的英文水平涨了，可惜白话文还未兴起，译书要用文言，中文反倒有些跟不上了，想模仿深受大众欢迎的林琴南体，毕竟不容易，这得有很好的桐城派古文底子。

朱东润便到广西当中学外语老师，这一年他二十一岁。很多留学生在这个岁数，还没来得及出国，他已彻底结束了留学生涯，再也没出过国门。接下来，个人生活有些沉闷，中国社会大起大落，五四运动轰轰烈烈，共产党成立，军阀混战，所有这些与他都没太大关系。

广西待了两年，朱东润重回江苏，到南通师范当老师，结婚生子，过非常平淡的日子。婚姻差不多由大哥一手包办，当时的择妻标准，女方太漂亮不行，太有文化也不行，贤惠为第一要求，朱东润虽然是留学生，一点都不新派，觉得只要“对方不是精神失常”便可以将就。因为这个态度，订婚前，未婚妻长什么模样都不知道，也不愿意见上一面。

一九二七年，国民政府定都南京，内心并不平静的他应邀到南京，任中央政治处会议秘书。这又是个很好的从政机会，前途无量，小他两岁的陈立夫同时步入政坛，也是当秘书，一发而不可收，成为党国的显要。朱东润官场上混了两个多月，很不适应，又回到了南通师范。

两年后，朱东润去了武汉大学，从此就在大学混，从讲师，到副教授，再到教授。很多人都认为当教授很容易，很舒服，事实上不是那么回事。民国学潮非常厉害，能够在武大站住脚，很重要的原因是上任前，学生已轰走了四五位老师，老这么玩也没劲，因此懒得再撵他走。

朱东润是有棱角的，在大学有过很多不痛快的经历，学校的争权夺利丝毫不比官场上逊色。一九五二年院系大调整，他进了复旦大学，在此之前，待过的大学除了武大，还有中央大学、无锡国专、江南大学、齐鲁大学和沪江大学。好在有勤工俭学的底子，他学历不是最硬，学问不算顶尖，可是吃苦耐劳，终其一生都孜孜不倦。

朱东润是一个不错的传记文学作家，他的《张居正大传》很有名，当年出版，有一篇我祖父的书评。四十年后，祖父才说出真相，其实是朱先生自己写的，他们是好朋友，当时为做宣传，因此，这篇文章最后没收入祖父文集。

徐志摩
毕生行径均是诗

网络有个最大好处，可以轻松地看到许多千奇百怪。譬如粉丝过分热心，搜集制作了名人名言，我注意到有一个“徐志摩那些黯然心动的话”，一条又一条，一边读，心里一边嘀咕。这难道真是徐志摩说过的话？有些肯定是，有些肯定不是。再读下面跟帖，有人说那是电视剧上说的，看了顿时无语。

徐志摩是个讨女孩子喜欢的家伙，文科女生为之怦然心动，自在情理之中。当年大学毕业，互相赠别，女生一手娟字，最适合用来题写徐志摩诗句，“那一声珍重里有蜜甜的忧愁，沙扬娜拉”。读研时去徐志摩老家，先看老宅子，所谓老宅，其实是一栋洋房，在二十世纪八十年代的小县城，非常扎眼，记得是一家银行，我们在里面转了一圈，看不出它与徐志摩有任何关系。

后来去了徐志摩的墓，师妹很内向，很腼腆，执意要在墓碑前留下一个倩影。关于这墓，有一种传说，说徐的脑袋是金子做的，当年飞机失事，情形很惨，家里为了全尸，安了个金头颅。这传说到了“文革”中，便成了掘墓理由，因此我们见到的已是新修的，看上去很简陋，既杂乱，又荒凉。后来据说又扩大了规模，增加了两个汉白玉书型雕塑，成为一个小景点。

有关徐志摩话题很多，先说他的诗文，这问题始终让人困惑。作为前辈，他肯定有值得学习的地方，可是我也一直想不明白，他的文字究竟妙在何处。也许每个人读书趣味不同，我们都有可能看走眼，不知好歹，在过去几十年里，我不止一次找出他的文章，仔细品味，想象自己是不是有什么偏见。前几年，一个研究现代文学的朋友打电话聊天，问最近在干什么，我说在研读徐志摩，他很吃惊，说你不是不喜欢他的文字吗，怎么，又吃错了什么药。

再次向朋友表达了自己的读后感，很遗憾，改变不了过去的看法。希望能够有新发现，可惜还是没有。坦白地说，对于徐志摩的文风，我总是喜欢不起来。他的《再别康桥》和《我所知道的康桥》，都是选了又选的经典名篇，读了以后，难免一种盛名之下的不爽。

先说《再别康桥》，二十多行白话诗，几乎每行都有个“的”。老派人眼里，这实在太怪，太白话。《我所知道的康桥》被选进中学课本，特点是运用了第二人称“你”，因为这缘故，有些段落让人觉得亲切，然而第一人称的“我”又不断跳出来打岔，忽东忽西，使得文章节奏不断出现问题，真是浓得化不开。

朱东润先生记录初见徐志摩的印象，说他中等个子，雪白的脸，走起路来，先把左脚沿地面平拖半步，把右脚拖过来，并齐了，然后再向前拖。有趣之处在于，朱先生强调了一个“拖”字，不加掩饰地说这种走路姿态很难看，很做作。

蔡元培先生悼念徐志摩，很是精彩，“言语是诗，举动是诗，毕生行径均是诗，诗的意境渗透了，到处都有乐地；乘车可死，坐船可死，静卧室中也可死，死于飞机偶然耳，不必视为畏途”。能写出这种漂亮的挽词，非得是前清的翰林不可。蔡先生以诗人来形容，恰如其分，准确到位。我不觉得徐志摩的诗有多好，却非常赞赏那种一举手一投足的诗人气质。他难看的走路姿态，他的矫情和做作，搁在普通人身上难以容忍，是徐志摩或许就可以接受。

徐志摩与郁达夫中学同班，与郁一样，他身上也有着非常明显的毛病。受传统影响，刚读到郁达夫的放荡不羁，心里总有些疑惑，同样，对徐志摩的某些作为也是非常不理解。相形之下，放荡不羁还属于旧文人传统，徐志摩的做法就太出格。譬如太太挺着大肚子，他急着要离婚，便逼她去堕胎，在当时这很危险，太太害怕，他竟然说："还有人因为坐火车死掉呢，难道你看到人家不坐火车了吗?"

徐志摩是典型的富二代，他接受教育，有充足的现大洋铺路。大家都知道，他是梁启超的学生，有一种说法，拜这么一位老师，他爹付了一千大洋。一百年前，是个天文数目。光中国的大学，他就念过三所，都半调子，读读就不读了。出国留学也一样，一会儿政治，一会儿经济，一会儿哲学，反正没一个准儿。认为哪个大学好，就跑哪个大学去注册，觉得哪位老师有名气，就自说自话拜人家为师。

他喜欢上了罗素，博士学位也不要了，立刻从美国启程去英国。最终也没能成为罗素学生，但他却如鱼得水，在英国学界玩得很欢。罗素生儿子，他不仅写信祝贺，还亲自张罗聚会，准备了红鸡蛋和寿面。西方文化人难免一种毛病，这就是喜欢卖弄似通非通的东方学问，徐志摩给大名鼎鼎的狄更生送了一套《唐诗别裁集》，这本康熙年间印刷的诗集虽然珍贵，但到了狄更生手上，基本上就是明珠暗投，暴殄天物。

很显然，有些事徐志摩做得十分俗气，很长时间，我都有一种不认可，不应该是诗人所为。现在想想，是把诗看高了，平心而论，徐志摩再俗，也比今天太多诗人雅得多。

杨宪益
最令人称道的富二代

堂哥三午比我大了十五岁，知道的事也多。二十世纪八十年代初期，他与我聊天，说起文化界几个人物，最羡慕弄外语的那几个人，年轻时在国外混，什么世面都见过，现在改革开放，又可以再次出国开洋荤。在三午看中的名单里，杨宪益先生排在前列，或许正是从那时候起，我开始注意这个应该让人羡慕的人物。

杨宪益妹妹杨苡与我父亲很熟悉，妹夫赵瑞蕻是我的老师，他们夫妇在南京，感觉上要更近，听到的传闻也更多。杨苡先生是个非常好的老太太，这篇文章先不说她，还是说她哥哥。其实我很快就发现杨宪益并不像三午想象的那样，改革开放后，仗着洋文好，外国朋友多，成日周游列国。

父亲生前非常喜欢他的打油诗，写那种诗是一种本事，最能体现时代精神，可惜现在很多人都没有这能耐。与徐志摩一样，杨宪益也是标准的富二代。父亲都是玩银行，都是钱多得数不过来。二十世纪三十年代，跟今天的行情很相似，世界经济普遍不景气，我们却在不可思议地蒸蒸日上。如果不是日本人惹麻烦，如果不是中日战争，中国形势真不算太坏，尤其有钱人的日子太好过。

杨宪益比徐志摩小了将近二十岁，父亲死得早，没有一个强势的爹管着，家里又有太多银子，因此出门在外，更像个不折不扣的公子哥儿。当时国币对英镑是四换一，一英镑差不多可以换四百法郎，他在英国留学，有机会便周游世界，到处玩。他沿着地中海转，买的是头等舱，去用餐，必须西装硬领衬衫蝴蝶结，摆出上等人模样。不管怎么说，中国还是穷国家，当时就算有几个钱，也是饿狠了的穷鬼，刚吃上几口白米饭。他出手太阔绰，别人便怀疑是冒充中国人的日本间谍，毕竟留学生都很穷，没见过这样的。

杨宪益出生在天津，中学毕业前，或者说出国前，除了北戴河，没离开过天津。像这样的大少爷，那年头还是送出国最保险，当时学潮太厉害，此起彼伏，他涉世未深，为人耿直，哪里经得起这种诱惑。投身学生运动几乎不容怀疑，北平之大，已放不下一张平静的课桌，于是干脆送国外，去大英帝国，去最牛的牛津大学。

从天津到南京，到上海，再在上海候船出洋，这一路，他母亲始终陪着。除此之外，还有英文老师池太太和老仆人潘福。这样的场景，搁今天或许不稀罕，当年很难见到，新的这二代那二代正在崛起，青出于蓝，说不定更出格更离谱。

我自小受阶级斗争教育长大，记忆中，总觉得穷人就是好，富人一定很坏。穷人都是可怜的杨白劳，富人都是十恶不赦的黄世仁。渐渐书读多了，才明白，穷人和富人都有好和坏，没必然联系。用好人来评价杨宪益有些苍白，也无力，然而又是地道的大实话，绝对担当得起，他晚年的种种行为，尤其值得后人称赞。

杨宪益在英国待了六年，“二战”打响，带着美丽的英国太太回国。说起这位大英美人戴乃迭，忍不住就想起钱钟书的《围城》，说起中国男人择偶，大学毕业生娶中学女生，留学生娶大学女生，女人留洋得了博士，只有洋人才敢娶，否则男人至少是双料博士。什么人才敢娶洋女人呢，《围城》中有位教授，娶了一位很丑的洋女人，大家已佩服得不行，这家伙太厉害，竟然能娶到洋女人。

金发碧眼的戴乃迭完全用得上惊艳这两个字，杨宪益鸿运当头，何德何能。大家背后议论说事，都觉得对不起人家，没有保护好她。双方母亲皆不看好这段跨国婚姻，文化差异太大，戴乃迭母亲不相信他们的婚期可以超过四年。在申请中国护照时，一位官员叹着气警告戴乃迭，怎么能够相信这个中国男人呢，他家里很可能还有位老婆，真这样怎么办，我们还得花工夫把你给送回来。

杨宪益与戴乃迭之间，最优美的乐章是共同患难。结发糟糠贫贱惯，陷身囹圄死生轻，熟悉二十世纪前半段历史的人都知道，富人变成穷人是很容易的事。杨宪益很快没什么钱了，他有钱时潇洒，没钱了一样潇洒。他们十分恩爱地一起度过了六十年，经历各种风雨，见证时代变迁，“文革”中一起坐牢受难，他们的儿子饱受迫害，最终因为精神失常而自焚。

杨宪益本来准备去西南联大，当时发出邀请的是沈从文和吴宓，有趣的是这两位先生与他并不认识。到了战时的陪都重庆，已接受西南联大聘书的杨宪益又改变主意，去了中央大学。在中央大学的经历显然不愉快，他们夫妇思想偏左，戴乃迭甚至被怀疑是间谍。平心而论，这位大少爷一生都没有落过伍，他始终是进步的，真正意义的进步。

早在英国留学时，杨宪益就翻译过《离骚》，动机有些荒唐，据说只是好玩。他一直认为《离骚》不是屈原的原著，而是汉人伪作。毛主席他老人家接见文艺界代表，听说了他的故事大为吃惊，伸出汗津津的手掌与他握手，不太相信地说：

“你觉得《离骚》能够翻译吗，嗯?”

吴 梅

喧嚣乱世继清音

钱钟书先生的某些做法会让人想不明白，给平常人写信十分谦和，非常平易近人，可是评点历史和当代名人，动辄出言不逊，极具攻击性。譬如说起程千帆先生，就说他的诗“野野狐”。第一次看到有关文字，也不曾细想，以为“野野狐”就是“野狐禅”。后来看仔细了，终于明白是一句常用吴语，我本吴人，太明白这话的分量。“野野狐”是马虎和不认真，是很“糟糕”，以评价论，远比“野狐禅”更差，这真让如日中天的程门弟子感到不爽。

说起沈祖棻先生，钱也没什么好话，“其妻沈祖棻之词稍胜，然闻其佳者多吴瞿安点窜之笔，未足窥其真面也”。这番话更刻薄，先说沈的诗词稍好，紧接着又说，之所以能够好一点，是因为经过她的老师吴瞿安修改。

吴瞿安就是吴梅先生，是个很有趣的老家伙，他的年龄要比我祖父还大十岁，比鲁迅先生略小，比周作人大一岁。当年读中文系，给我们上课的吴新雷老师常要提到这位吴梅，大致意思就是，吴的绝活儿是词和曲，学生弟子中，获得词学真传的有沈祖棻和唐圭璋，获得曲学真传的是卢前和任二北。

玩新学和玩旧学，显然相差很多，吴梅的年龄凭想象，怎么也该比新派的周作人大出许多。根据周的描述，当年吴梅在北大上课，穿着长衫，手拿笛子走进课堂，一边吹曲，一边哼唱，学生听着很怪，与京城戏馆流行的完全不一样，听他解释，才知道这就是快咽气的昆曲。

吴梅属于中国的第一代文科教授，参加过科举，当过小学教员、中学教员，蔡元培先生主持北大，不拘一格，把他请去主讲古乐曲。他的一举一动，更像行为艺术家，通常讲到新旧文化之争，吴梅毫无疑问算作旧阵营，然而真正做旧学问的，看他就是“小道末技”，难免“野野狐”。

吴梅后来南归，离开了新气象的北大，到了保守的中央大学，成了中大中文系标志性的人物。我生也晚，只能听些关于他的段子，南大的吴新雷似乎得其真传，凡是遇到机会，必定兴致勃勃来上一段，唱什么也不太明白。吴梅的后人说听老人家唱昆曲，听着听着就睡着了，因此戏称为“困曲”。小孩子不太懂，其实昆曲跟鸦片一样，真喜欢，就会上瘾，就会沉溺其中。

欲明曲理，须先唱曲，昆曲鼻祖魏良辅总结经验，说唱曲有三绝，要字清、腔纯、板正。吴梅的境界很高，据说是近现代以来唯一一位又能写剧本，又能填词制谱，而且能够表演的全才。

吴梅最擅长青衣和老旦，是当时公认的唱曲大家。像这样的人才，最适合进艺术学院。他没留过学，也没有说得过去的学历，难怪黄侃先生看了不入法眼，问吴凭什么在最高学府里混，他理直气壮、大言不惭地说就凭元曲。

吴梅玩的是旧玩意儿，却沾足了新文化的光。按照传统士大夫标准，吴属于典型的落魄文人、玩物丧志的曲子相公，基本上是写《肉蒲团》的李渔那一路，只配当幕僚，养戏班子，教唆公子哥儿，带几个女弟子。新文化让吴梅这种不靠谱的文化人时髦起来，从边缘进入中心，成为著名的大学教授。

连梅兰芳都应该算是吴梅的学生，当然还有昆曲的大名角俞振飞。向吴请教过的名士达人，还可以包括朱自清、田汉、郑振铎。他玩的这些学问，因为别裁伪体，因为通俗，因为浅近直白，与新文化运动看上去如出一辙，都是为了接近大众，然而本质上，貌似新，骨子里仍然是旧，随着时间迁移，越来越旧。

有人为沈祖棻辩护，认为直到一九三四年大学毕业，她读了研究生，才正式成为吴梅的入室弟子，因此这位恩师不可能在此之前，就为其学生“点窜”。不过细心人在吴梅日记中发现，沈读研究生前，起码有过四五次拜访的记录。是否为学生改诗词暂且不论，仅仅从时间上考量，沈被誉为“沈斜阳”的时候，已经是吴的女弟子。

吴梅显然喜欢女弟子，二十世纪三十年代，中国曾经历了一个非常好的发展时期，发达国家普遍遭遇经济危机，纷纷到中国来找饭碗。外币贬值，中国的钱开始值钱，有钱人出国巡游，充分享受升值的好处。山河依旧风景不改，莺歌燕舞灯红酒绿，而日本人也越来越猖狂。“九一八”事变后，即将开战的阴云始终笼罩，吴梅带着弟子们在秦淮边听小曲儿，难免“武定桥边，立尽斜阳”，难免“有斜阳处有春愁”。

除了沈祖棻，吴梅还有一位有名的女弟子张充和。张与沈一样，也是苏州富家小姐，也是对古词曲十分入迷。可惜张没有沈的运气，拜师不久，抗战爆发，基本上失去了向吴当面请教的机会。好在张充和与姐夫沈从文一样，属于有异禀的人，玩什么都能精，不仅一手字写得漂亮，而且也是玩曲大家。

吴梅的学问注定绝学，抗战后，随着大学去了内地，很快客死他乡，享年五十五岁。他教了不少优秀弟子，最后留给家人的遗嘱是要学工，莫学文。文乃雕虫小技，实不足恃，他有四个儿子，都是学理工科。

黄　侃

书生意气是狂狷

提到吴梅，不顺便聊聊黄侃先生，说不过去。南京大学中文系几大教授排行榜，无论怎么安排，不管如何布置，黄都是跳不过去的重要人物。说起宋词元曲，常讲吴梅当年；说起小学训诂，离不开黄侃。

黄侃视吴为"曲子相公"，吴梅称黄为"测字先生"，两个人内心深处，都不太买对方的账。最可笑的是两位老先生还打过架，黄脾气大，一言不合，先打一巴掌，吴不甘示弱，回一拳头。很多人将这事写进文章，都说喝了酒，打过就算，以后又和好如初。事实究竟如何，都是没见过的人在乱说。我们读书时，也曾听老师说过，老师又是听他们的老师八卦，说黄和吴心里有了别扭，不愿意再见面，安排课表只能想方设法，将上课时间错开。

据说程千帆先生临终，不能释怀的是未将老师黄侃的一本书整理出来。黄侃有许多学生，显然程很在乎这种师承关系。粉碎“四人帮”后，程能有机会回母校南大工作，也与几位幸存的黄侃弟子有关，他们是南大的洪诚、南师大的徐复、山东大学的殷孟伦。当时苏州有个语言学方面的会议，这几人私底下密谋，由洪诚向匡亚明校长推荐，最终促成了这件好事。

黄侃学问究竟如何，我的水平说不出所以然，只知道是“大得不得了”。当年上古代汉语，许惟贤老师喜欢把洪诚挂在嘴上，同时不忘强调洪是黄的得意门生。小学和训诂的正宗，说着说着，就离不开章黄门下。北师大的许嘉璐，也跟洪诚学过。我曾听他讲过课，说起训诂头头是道，可以想象，老师的老师的学问，有多厉害。

不是什么人都能成为弟子，二十世纪八十年代，南师大的徐复被称为活着的二号传人，一号是谁，始终没闹明白，反正轮到一个二号，学问已非同寻常。因为与徐的女公子熟悉，我与他老人家有过几次交往，印象中就是一本活字典，有什么字，有什么典故，向他请教，立刻给出答案，相当于电脑搜索。

黄侃门下学生回忆先师，异口同声佩服。不仅学生，黄的老师章太炎也赞不绝口，有一次，章翻阅闲书，读到“遇饮无人徼酒户，得钱随分付书坊”，觉得茫茫人海中，只有黄有此风味，立刻写成对联寄给他。很显然在章眼里，天下读书人多，爱读会读如黄者绝无仅有。可惜“一·二八”事变，为避祸，黄曾将藏书装了八卡车，送乡下暂存，没想到当地居民趁机盗窃，很多稀世珍品，就这么成筐论斤卖了。

黄侃是现代史上段子最多的人，爱好掌故的同志，说起他来，三日三夜也聊不完。小报作者不需要用心去挖，随便抄两段就可以敷衍一篇文章。譬如有名的好色之徒，一生结婚九次，专拣女学生下手。譬如怕打雷，一闻雷声便往桌底下钻。话题实在太多，以今天的眼光看，他做的是旧学问，可是日常生活中的一言一行，难免有炒作嫌疑，或者说都适合用来炒作。

譬如革命经历，与老师章太炎一样，黄侃也可以算老革命。他是湖北人，出生在成都，年龄比周作人还要小两岁，思想却激进许多。国民政府的要员居正是黄的老朋友，他的同学中还有宋教仁和董必武，宋差点当了袁大总统的总理，董是共产党一大代表十二俊杰之一。黄有足够的资本称革命老前辈，不过文人造反，无非写文章捣乱，他当时的名言是“大乱者，实今日救中国之妙药也”。

天下不乱，大清朝如何能完蛋。黄侃从不以革命功臣自居，在他看来，革命成功了，革命党就该偃旗息鼓，读书人就该好好做学问。他是有名的狂人，想骂谁就骂谁，说翻脸就翻脸。湖南大名士王闿运看好他的学问，说你年纪轻轻就如此了得，我儿子与你同年，却还是一窍不通。黄听了大怒，说你自己文章已很狗屁，儿子还能有多大出息。王是当时的文坛领袖，老前辈想拍后生马屁，没想到拍马腿上。

对于自己的老师，黄侃也说不上太客气，觉得章太炎学问虽然渊博，还是失之粗疏。经济学家马寅初先生向他请教《说文》，聊了没几句，黄便板起脸教训，说还是好好算算账吧，这小学谈何容易，说了你也不懂。

黄侃最烦白话文，动不动拿提倡者胡适开涮。他一本正经调侃，说胡要是真喜欢，就要身体力行，不该再叫胡适，应该叫“往何处去”。胡适宣称玩白话文痛快，黄引经据典，大批“痛快”二字不通。金圣叹说世上最痛之事，莫过于砍头，世上最快之事，莫过于饮酒，要想痛快，胡最好先喝酒，再仰起脖子来让人砍脑袋才对。

一个人学识渊博，留下的往往不是学问，而是段子。黄侃大约也明白这道理，因此不在乎别人怎么议论。是名士自风流，期末考试懒得改卷子，校方要分数，他便给所有学生都八十分。当然这是在黄的晚年，年轻时他更会玩，也更离谱，上课讲到紧要关头，会突然停下来对学生说，这段古书后面隐藏着一个极大的秘密，专靠这几百块钱薪水，对不起，我还不能讲，谁想知道，得另外请我吃馆子。

关于黄侃的补充

忍不住又写了几篇老先生的文章，是标准的随谈，难免八卦。譬如写到了黄侃先生，他是我很敬重的前辈，高山仰止，自己的行当虽然是写小说，偶尔也写散文，但内心深处，非常想做黄侃那样有学问的人。

拙作《黄侃先生》见报，看到两条反馈，不禁有些不安。显然有人很反感，原因不外乎两个。第一，我的文章引起歧义，让人误读，过错在于作者，我尽管反对八卦，行文可能还是太八卦，因此要引起充分警惕，不能以文害义。第二，有人并不喜欢像黄侃那样做学问，人各有志，对世界有不同的看法，这就与作者无关，也与黄侃无关。

下面是那两条反馈的内容：

> 黄侃这种人要在美国文化里就是典型的二百五，

> 或者称narcissistic，极度自恋者，而在中国文人和百姓眼中成了风流名士，似乎有严重临床精神和人格分裂症状，没有什么能服务于大众的本事，却极度想获得大众的仰慕，研究小学原是一门孤单的学问，却要装腔作势以为高明于他人，这种文化变态得恶心。
>
> 文人们津津乐道崇拜不已的所谓学问家不过是一个移动硬盘，黄侃肚子里的书可能还不如一个县城图书馆装得多，书装到他肚子里就成了传奇？我倒觉得县城图书馆更有价值，可以帮助很多农家孩子改变命运。这种人本当是好好做小众的学问，却偏要当大众的明星，和今天网络牛人芙蓉姐姐以及凤姐罗姑娘三百年来就出我一个的pose没有本质区别。

文章有人读，还能有回应，对于写作者来说，是件很高兴的事。因此首先要表达感激之情，同时又忍不住弱弱地回应一下，争辩几声。先说如何看待黄侃，仿佛读莎士比亚，一千个人读，可以读出一千种味道。不同的人眼里，有不同的哈姆雷特，好比我们看待刘翔，有人觉得他跑得很快，曾创造世界最好成绩，也有人觉得他已过气了，谁谁比他强得多。更有极端的会笑着说，跑再快也没用，一条普通的草狗都比他强得多，更不要说汽车和飞机。

我们知道，移动硬盘也好，县城图书馆也好，里面的内容还得要人去填写。直白地说，会查字典不稀奇，能背下来也不算本事，最牛的还是编造字典，也就是所谓原创。谜面被揭开，很多东西都会变得很简单，但是现实世界就是，有太多谜面并没有解开，需要我们去努力破解。黄侃做学问的绝技就在于，他使用了最古老的弓箭，却比那些戴着折光镜片、手握现代步枪的人，打得更准，更靠谱。

汪　东

革命、当官、学问、书画都不误

三十多年前恢复高考，考完要填写志愿，有人就为我出馊主意，说写上“文史哲”。也弄不太明白，冒冒失失填了，后来收到录取通知，上面写着“汉语言文学系”，当时一怔，经人提醒才明白这就是中文系。

中文系是常见的通俗说法，仿佛很多县改名为市，现如今正经八百地叫中文系已不多，县长成了堂堂的市长，中文系主任都升格为文学院院长。换汤不换药，级别没变，听上去响亮许多。北大和复旦仍然叫中文系，它们暂时还不想改变，要玩就玩点新鲜的，别人捷足先登，堂堂北大复大，岂能跟在别人后面起哄。

然而叫文学院，又确实有其传统，民国时期很多牛人都当过文学院院长。这把交椅并不是随便什么人都能坐，说白了就是文科方面的负责人，譬如北大有过文科学长，而陈独秀就是因为当了这“学长”大名远扬。当然，北大最有名的文学院院长应该算是胡适，他是文学院院长兼中文系主任，在此之前，是教务长兼英文系主任。

我因为是中文系出身，又喜欢翻阅过去的旧资料，对中文系主任文学院院长的这些乌纱帽十分看重。名牌大学的系主任向来都是些狠角色，照例都得有绝活儿，用南京话说，没两把刷子不行。二十世纪三十年代，中央大学有一大帮名教授，当时的文学院院长是汪东先生，我一直觉得好奇，想不明白他何德何能，凭什么来驾驭手下的那些教授。

当时是中央大学的黄金时代，章太炎为自己弟子排座次，按照太平天国分头衔，天王是黄侃，东王是汪东，两大弟子都在中文系，排名第三的西王朱希祖在历史系，章门精华已有一大半在此。年代隔得太久，我也弄不太明白汪东的学问水平，反正那年头，即使一个没学问的人，跟今天有学问的相比，仍然非常有学问。没有金刚钻，不揽瓷器活，汪能当教授，能当中文系主任，能当文学院院长，谁敢说没学问。

当时中文系除了大名鼎鼎的黄侃和吴梅，还有胡小石，还有汪辟疆，还有王伯沆，皆非等闲之辈，都不好惹，我想汪能当稳了院长，肯定有点不一样的东西。或许年龄优势，与以上几位相比，汪年纪最轻。无论哪朝哪代，年轻总不是坏事，二桃杀三士，老先生摆不平怎么办，干脆弄个年轻的上来。

程千帆先生曾说自己当武大系主任时才三十多岁，也是因为年轻。和中央大学一样，武大之保守顽固，常骇人听闻。旧也好，新也好，其实也是官场潜规则，老家伙们你看不上我，我不服气你，怎么办，于是翻翻日历，找年轻的。

熟悉掌故的，肯定会觉得我在胡说八道，汪东先生虽然略小了几岁，资历却不会打任何折扣。首先是旧学功夫，字写得不错，诗词和文章都一流漂亮。作为章太炎门下弟子，经史百家无不研习，音韵训诂皆有创获。

汪东与陈寅恪先生同年，比胡适先生大一岁。出身官宦人家，有留学日本的经历，和身边的几位老先生相比，他应该算是有点新派，却完全是旧文人的一套。他写的中央大学校歌，与吴梅写的北大校歌一样，用的那些字，往往《新华字典》里找不到。

因为留日经历，汪东毫无疑问成了革命党，不但是同盟会员，而且货真价实地参加了光复。同样是留洋，留日学生总是要比留学欧美的激进许多，他开始在《民报》上写檄文，与汪精卫、胡汉民这些民国元老一样，大肆鼓吹革命，他一篇很有名的文章是《论支那立宪必先以革命》。

让我感到难以理解的是，汪东居然还干过县太爷。他在北京的大总统府里当过差，当过浙江象山和余杭的县知事。所谓知事，是“中华民国初期对县一级最高行政官的称呼”，我特地查了些资料，这真有点匪夷所思。不过认真想想，那年头能当文学院院长的人，绝非平庸之辈，干个县太爷，绰绰有余，已经大材小用。

抗战爆发，汪东随中央大学去了四川重庆（当时重庆归四川管辖），和官场有进一步纠葛，这期间，他曾任军事委员会委员长驻重庆行营第二厅副厅长，担任监察院的监察委员。和官场打交道，吴梅先生干不了，黄侃先生也干不了，前者动不动唱起来，后者一碰就发脾气，明摆着都不是官场的料。

汪东也谈不上在官场如鱼得水，说白了，也就是个帮闲，学而优则仕，不能太当真。抗战胜利以后，他有个很奇怪的头衔，国民政府礼乐馆馆长。这差事照理应该让吴梅来当，不过吴动不动就玩昆曲，也不合适，而且这时候已去世多年。反正汪突然不愿意再在大学混了，他离开了中央大学，在复旦干了一阵教授，然后就以名流身份厮混。

汪东擅长书画，新中国成立后，上海有一个中国画院筹备委员会，汪是筹备委员，并聘为画师。这筹备委员也是非同小可，列名其中的有潘天寿、王个簃、谢稚柳、刘海粟、吴湖帆、傅抱石、沈尹默，都是不得了的人物，可惜一筹备就好多年，直到他老人家已七十岁，画院才正式宣告成立。

仿佛郑板桥画竹，汪东最喜欢画梅，自视甚高，所画梅花深得大家赞赏，是典型的文人画。

胡小石

“不务正业”的国学大师

在南京介绍胡小石先生，最好就是告诉别人哪家馆子的招牌是他书写的。民以食为天，上至达官贵人，下到平民百姓，说起一个吃字，眼睛立刻会亮，多少都知道一点。南京馆子里曾有一道叫胡先生豆腐的名肴，据说就与他老人家有关，不过这是悬案，有人考证此胡非彼胡，然而说胡小石美食家，肯定没有疑问。

说胡小石是书法家，是大书家，也不会有疑问。我母亲一直后悔，后悔当年没有跟老先生要一幅字，那年头是开口之劳，实在太容易了。逢年过节，文联有什么活动，名流美女雅集，老人家喜欢当众挥毫，举着笔，纸墨都是现成，这时候向他求字，三言两语肯定拿下。

胡小石的身份是著名教授，恭维他美食家和书法家，这种马屁拍得再响，未必会有多高兴。教授凭什么混，凭什么在大学立足，靠货真价实的学问。苏轼能够有模有样留名青史，不是因为东坡肉，也不是因为写一手好字。古人没有书法家这一说，把字写好，写漂亮了，是最基本的事，是天经地义，应该的。

二十世纪八十年代初出版的《唐诗鉴赏辞典》序言中，程千帆先生说唐诗，用的都是新词汇，譬如现实主义，譬如浪漫主义，比较李白杜甫，说李诗源自楚辞，杜诗源自《诗经》和汉乐府，二人又不同程度受到《文选》的影响。这种看底牌寻找源头的做学问，在高校一度很有市场，或许现在也仍然流行。胡小石是程的老师，不妨看看老前辈是怎么给学生上课的。

同样讲唐诗，同样把唐诗分成了那么几个时期，胡却以行路为喻，让我们清晰地看到文学史的一个个画面。初唐仿佛走在长门闾巷，虽然生机勃勃，难免有点小家气。盛唐是乘着高车驷马在通衢大道上奔行，旁若无人，壮阔无前，最显著的例子便是李杜二公，这两人代表了中国诗歌的最高峰。中唐的花样要多一点，有的是在园亭中休息，如大历十才子，有的是爬山，专走险峻的羊肠小道，如韩愈，如孟郊和贾岛，有的则是在大平原上兜圈子，如元和诸公。晚唐更是离开陆地走水路，舍车而乘舟了，小令和词应运而生。

听过胡小石课的人，都说他讲得精彩，形象并且生动，古风犹存，没有多少理论的枯燥，听过一遍就不会再忘。不仅擅讲唐诗，讲楚辞，讲诗经，讲文字学，讲书法史，讲佛典道藏，无不如从山阴道上行，山川自相映发，使人应接不暇。

名师就是名师，五十年代初评一级教授，相当于评院士，胡小石先生当仁不让。他的籍贯是浙江嘉兴，生长在南京，读书教书都在这里，可以说是地道南京人。以今天的眼光看，他身上确实有点南京人的大大咧咧，有许多不可思议。首先不务正业，胡进入两江师范，学的是农学博物，毕业以后，没在农业上狠下功夫，却成了大学的国文教员。

胡小石能够成为大书法家，与下苦功夫分不开，不过仍然是标准的旁门左道，就像吴梅先生热爱唱曲一样，胡对于书法也是如痴如醉，但是书法毕竟不是他的正业。正像前面说的那样，他的立身之本是学问，所谓书法，不过玩票而已，完全因为喜欢。胡门弟子回忆先师，说大清早去府上请教，看到地板上全是刚写的字。仿佛每天的功课，几十年如一日，熟悉胡书法风格的人都知道，他的字十分遒劲有力，几张字写下来，已经全身大汗。

胡小石是晚清大书法家清道人李瑞清的得意弟子，那时候当弟子，最高待遇是能够入其门，成为老师家的家庭教师，一边跟老师学习，一边当老师孩子的塾师。譬如著名的历史学家谢国桢，就做过梁启超家的家庭教师。

研究现代文学的人都知道有一个学衡派，胡小石不幸列入学衡同人，这拨人曾被鲁迅痛骂，“诸公虽然张皇国学，笔下却未免欠亨，不能自了，何以‘衡’人”。后学为贤者讳，一般不愿提这段往事，即使提到，也通常不会有他的名字。鲁迅的观点显然是对的，学衡同人中确有几位“野野狐”，不过也有真有学问的。譬如胡小石，譬如柳诒徵，只是这些学问，在新派人眼里，多少有些陈旧。

胡小石一生都不喜欢白话文，到晚年，赶上一个全新的时代，写文章也不得不白话一下，内心深处很难掩饰对新文学的不屑。朱东润先生曾在中央大学待过很多年，生活得并不愉快，矛盾也难免，最后竟被胡无情解聘。程千帆谈及此事，认为归根结底还是胡不喜欢新派，朱的学问虽然也是古典，而且做出了相当的成就，然而在胡眼里，还是看不太惯。

有段时间，我书房里一直挂着精印的胡小石长卷，因为太长，只是截取了其中一截。很多人都以为它是真迹，他们觉得像我这样的家庭背景，有一张胡先生的手迹，并不会太让人觉得意外。我喜欢胡的书法，字里行间流露出的那种精神，正是我在创作中想努力表现的。我的很多小说，都沐浴在这幅字的光辉照耀下，感到困惑的时候，写不下去，就会回过头去，看一看那字，看一看潇洒流动的线条。

汪辟疆

给别人排名，自己却被忘了

汪辟疆先生是谁，试着问了几个人。问中文系学生，不知道，问中文系老师，也不知道。当然，南京大学中文系出身的人应该例外，毕竟系里马恩列斯毛似的挂着巨像，不知道也得知道，想不认识也得认识。有人愤愤地说，真他妈岂有此理，知道和认识自家人算啥本事。

现如今，不认识自家人的其实很多。我读大学时，就没听什么人讲过汪辟疆，他显然没有吴梅和黄侃的名声大，段子也少，当年的中文系只是一栋小楼，没见着巨幅照片。建前贤祠挂大照片是后来，据说各个学校都这样了，不挂办公室，就贴走廊上。

前些年参加新概念作文大赛，女作家方方塞给我一本书，是汪辟疆的集子。她说这书大约只有你愿意看，言下之意，也是身后寂寞，没人知道汪辟疆了。方方的爷爷是汪辟疆弟弟，爷爷走得早，为日本人所杀，一家人一直跟着汪老先生过，因此与他关系特别亲。值得说一句的还有，方方就出生在南京。

话说抗战胜利，国民政府风风光光还都南京，时不时搞些文化活动粉饰太平。有一次蒋介石设宴，招待各界名流，汪辟疆是著名教授，蒋非常业余地提问，说汪先生博览群书，有没有看过一本《文心雕龙》。汪先生说，蒋先生乃党国要人，应以治国平天下为己任，就没有必要研究此书了。对一个做学问的人来说，《文心雕龙》是一本入门的书，委员长想卖弄，想套近乎，欲深入反而显得浅薄。与毛主席他老人家相比，蒋虽虚长几岁，文人气息差远了。

能和委员长坐一起吃饭，不是了不得的事，但也不是什么人都能有这机会。更牛的是，蒋要去台湾，竟然授意江西省主席接汪先生一起去。汪却没有走，这一点，又是国民党输给了共产党，那年头，大多数知识分子都觉得共产党好，比国民党更有希望。

汪家有三位好汉直接投身抗战，汪的一个儿子和两个侄儿，或是进黄埔，或是直接参加青年军。一寸山河一寸血，十万青年十万军，孩子能这么做，当然与他的支持有关。热血青年投笔从戎，在当时是最大的爱国行为，可是参军的结果往往糟糕。很多人为国捐躯，不死于日寇之手的幸存者，临了也很难不卷入内战的旋涡。

汪家三兄弟最后都得以幸存，并且避免了参加内战，这也算是个奇迹。当然和汪的教育有关，他与三兄弟很认真地谈了一次话，说保家卫国对外作战，本是男儿分内之事，然而兄弟阋于墙，自己人打自己人，是要留下千古骂名的。

对汪辟疆先生的兴趣，当然与他是我们母校前辈有关，好歹自家人。记得读书时为老先生们扫过一次墓，当时就产生这么一个念头，既然中文系老前辈都很厉害，我等后辈必须发扬光大，好好努力才行。

至于汪的学问怎么厉害，还真是不太明白，我始终都是门外汉，浅尝辄止，一旦回忆只存惭愧。有一段时候，我对他的那个排行榜有点兴趣，把儿时读《水浒》背一百零八条好汉的劲头都用上了，又是比较，又是对照。《光宣诗坛点将录》是汪的代表作之一，最适合按图索骥，翻阅了这本书，对晚清诗歌便可以有个大致了解。

以今天的眼光看，汪的《点将录》基本上是一段文学史提纲。所评点的光绪和宣统诗坛，相当于二十世纪五六十年代的

“现代文学”，或者今天的“重温八十年代”，研究对象既是风光依旧的前朝诸贤，又同时是早已过气的当代余孽。汪对清诗评价相当高，认为是清文学史中的高峰，而水平最高的又是晚清诗，其成就远在宋诗之上。

一个老先生不薄今厚古，很容易受到年轻人欢迎。汪辟疆写《点将录》时，被点到的一些诗人还健在，成了大名士，有的身居要位，然而江山代有才人出，文学风气正处于剧变，五四新文化才是当时最强最大的文化潮流，他的研究注定不可能变成显学，即便是用了一种流行的排行榜方式。

用梁山一百零八条好汉的游戏方式来评点诗坛，印象中汪辟疆是第一人。我看到“母大虫”黄体芳，看到“母夜叉”江标，便忍不住要笑。首先性别颠倒，两位都是男的，不拘泥男女是个创造，可是不免荒诞。后来的钱仲联先生也仿照此例重新点将，封沈祖棻为“一丈青扈三娘”，尽管是梁山第一女将，考虑到最后还要嫁给“矮脚虎王英”那个强盗，总觉得不妥，程千帆先生也不会愿意。

名列前十、最佳五十强、排名百强，是现如今的时髦评价。古人也喜欢排名，喜欢排行榜，喜欢煮酒论英雄，以自己的眼光褒贬人物。行文至此，忽然感到信心不足，停下来翻书，原来汪的《点将录》也不是原创，在此之前，已有《乾嘉诗坛点将录》。汪自己也承认，是仿照了一位叫舒位的清朝诗人的《瓶水斋旧录》。

汪辟疆给后学开过一个必读书目，所谓“源头书”或“案头必备”，不多，就十种，分别是《说文》、《毛诗正义》、《礼记正义》、《荀子》、《庄子》、《汉书》、《资治通鉴》、《楚辞》、《文选》和《杜诗》。

陈中凡

文人的“三书”和“三不”

陈中凡先生与胡小石先生同年，也是老牌的一级教授，却多活了二十年，直到我们大学即将毕业的一九八二年才过世。这样的老先生搁系里就是一个活标本，都知道他研究古代戏剧，而我们呢，对戏剧尤其古典基本上没兴趣。

据说陈中凡也喜欢唱，扮过唐明皇，出演《贵妃醉酒》。他以教授身份登台亮相，演技还不错，一时传为佳话。当老师也得好玩会玩才行，有一次课堂上讲《西厢记》，他现身说法，唱“彩云开，月明如水浸楼台”，运腔吐字太过用力，结果一口假牙全喷了出去。学生看着他从满是粉笔灰的讲台上拾起假牙，用手帕轻轻一擦，装进嘴里继续唱，忍不住哄堂大笑。

从辈分上讲，陈中凡是我老师的老师，按古代称呼，应该尊为师公，或者更古板一点，称太夫子。我的研究生导师是叶子铭先生，叶又是陈中凡的研究生。一般人都知道他是茅盾研究权威，却不知道报考的是古典文学，研究方向是大文豪苏东坡。

南京大学的董健老师也是陈中凡研究生，他应该算是我的师叔，而且是名门正派的戏剧传人。董老师看见报纸上介绍，说我一九八六年毕业于南京大学中文系研究生班，很有意见，特地叮嘱我应该去更正。他说你是正经八百的研究生，跟那什么研究生班完全两码事，你不更正说明，别人要误会的，以为你是个混文凭的家伙。

我因为跟着叶老师学习现代文学，与陈中凡根本高攀不上。硬要套点近乎，胡乱说师承，那就是陈一生都反对做官，弟子中谁当了官，他便会在课堂上大声说可惜，或者干脆流露出鄙夷之情。学而优则仕这一条老规矩，在他老人家那里似乎站不住脚。我读大学和读研究生时，他的弟子叶老师有过多次当官的好机会，眼见着就要宣布当宣传部长，硬是被叶给推掉了。师训不可违，在这一点上，叶老师始终是陈中凡的好学生。我这个再传弟子什么衣钵都没继承，独独记住了一条，这就是远离官场。

在今天这个社会，不想去做官，真的是很傻。陈中凡反对当官，恐怕也与厌恶政治有关。他一生中，有两位玩得很好却与政治走得很近的师友，一是陈独秀，一是李大钊。陈独秀获得了牢狱之灾，李大钊干脆丢了性命，说起来不免让人唏嘘，让人哀哀欲绝。人各有志，二位能够信仰主义保持理想，自有其可歌可泣之处，然而这些从来都不是陈先生的人生追求，他老人家一生唯以读书教书著书为乐，对清官和贪官都敬而远之。

陈中凡先生出生在标准的读书人家庭，他的一个叔父是清朝著名学者王先谦的得意弟子，曾做过尚志书院院长。尚志书院在济南，晚清时代的书院，差不多就是大学，这位叔父为人方正清廉，平日常以“不受一自辱之钱，不作一近耻之事”自勉，对陈中凡的世界观影响很大。

陈中凡二十一岁，才来南京两江师范学堂读书，正好赶上胡小石毕业。虽然与胡同岁，竟然活生生晚了三年，因此胡是不折不扣的学长。那年头，有钱就能上学，陈中凡似乎对佛学很感兴趣，周末常去杨公井附近的金陵刻经处听讲佛学。此处恰巧又与我家紧邻，只隔了两三个门牌号码，我上小学时，天天要从那门口路过。

因为佛学，陈中凡对哲学产生了浓厚兴趣，从两江师范毕业，他即赴沪江大学补习英文，然后再进北京大学哲学系。我曾听父亲说过，我奶奶是陈中凡的学生，因为他当过北京女子高等师范的老师。可是直到写这篇文章，我才弄明白，事实上由于他进北京大学太晚，入学时已二十六岁，等毕业再去北女高师教书，我奶奶也毕业了。

陈中凡的传奇是曾参加过辛亥革命，亲历了光复南京的战斗，那是在读两江师范的时候，其差事就是为革命军做饭，是军中的伙夫。有的资料上写的是军中书记官，伙夫之说却是听叶老师说的，而且不止听过一次。

董健老师要说的段子就是，当年的省主席陈果夫召见，希望陈中凡能够出任教育厅长，没想到他立刻予以拒绝，这让省主席觉得很没面子。陈果夫又讨好说，先生是盐城人，盐城的教育十分发达，人才济济。偏偏陈先生不赏脸，说盐城不光学校多，在上海拉黄包车的也多，当妓女的也多，结果谈话不欢而散，弄得省主席非常郁闷。

中国古人很讲究原则，陈中凡一生都信仰“三书”和“三不”。所谓三书，就是前面说过的读书教书著书。所谓三不，是不做官不纳妾不抽烟，这是他参加蔡元培创立的“进德会”时的承诺，后来又发展为新三不，即不做官，不入党，不接受任何人的津贴。可惜新中国成立后思想有了变化，或者说变通，他加入了民盟，成了省政协的副主席。也许在陈先生看来，时过境迁，参加民主党，在政协挂虚名都算不上什么。

陈中凡的太太识字不多，是个半文盲，这丝毫不妨碍婚姻圆满。夫妻双双长寿，相濡以沫，相敬如宾，陈太太活到九十三岁，她过世仅几个月，陈先生便也告别了这个世界。

沈祖棻

斜阳里的春愁

很多年前老照片还不流行，看过一本旧中央大学纪念册，上面有沈祖棻的毕业照，穿着黑色的学位礼服，很是好看。上个世纪的才女，我最羡慕两个人，写小说的张爱玲，写旧诗词的沈祖棻，都玩到了极致。

沈祖棻生于一九〇九年，女大三，抱金砖，她比程千帆足足大了四岁还多。据说当年沈的才名太大，一般男生有点害怕，都不太敢去使劲追她。程少年气盛，又是湖南人的脾气，她已经读到了研二，他刚读到大三，不管三七二十一，硬是把沈给追到手。

教育不能普及的年代，所谓才女，大都是白花花的大洋培养出来的。女子无才便是德，常用来安慰穷人家上不起学的苦孩子。张爱玲的曾祖父是李鸿章，沈祖棻自然也是大户人家书香门第，祖父曾经与吴昌硕一起画过画。她本是学经济的，在上海商学院读了一年，熬不过对文学的热爱，又转到了中央大学读中文。

那正是南京国民政府最风光的年代，北京改成了北平，北京大学的牌子还在，风气依然趋新，文学院院长胡适兼了国文系主任，老家伙感情上受不了，纷纷南下。一时间，原来都是在北大厮混的著名老教授，譬如黄侃，譬如吴梅，还有林损，都聚集在以保守著称的中央大学。加上原来就在此地的汪东、汪辟疆、胡小石，师资十分雄厚，根本不把北大放眼里。

沈祖棻本是地道的新派，上大学前写过小说，进了中文系继续写，又不断地写新诗。她要是进北大，或许就是一个张爱玲级别的女作家。中央大学的风气实在太旧，虽然沈的小说势头不错，被收入了《中国新文学大系》，新诗集也出版了，最后还是做了旧学的俘虏，沉醉在传统的阴影里，成了当代的李清照。

以当时的眼光看，沈祖棻的小说和新诗已很说得过去，不过相对于中国古代文化的灿烂，实在不算什么。由于不满“近世佻言傀说之盛”，她试图通过对古典诗词的重新解释，以及个人的创作实践，展现自己的文学理想，结果如何见仁见智，三言两语说不清楚。

程千帆谈论自己妻子，说她首先是作家，其次才是学者。钱钟书怀疑她早期的词经过名师“点窜”，一句“有斜阳处有春愁”，深得老前辈激赏，还是女大学生的她曾被誉为“沈斜阳”。祖父生前常说起沈祖棻，我旧学知识太浅，不能完全明白他的意思，只是大概知道，沈所以像李清照，不仅词好，文采出众，还有身世相近，都是飘零的富家女，历经变化磨难，因此作品越往后，越能咀嚼出味道。

上大学的时候，祖父年纪大了，常到北京去过暑假。老爷子很少过问我的学问，有时候会冷不丁来一句:“会昌的课怎么样?”照例反应不过来，然后就明白了，说的是程千帆先生，程本名会昌。

一个人名字太多，真不是好事。譬如“中正”和“瑞元”先生，中正是蒋介石，瑞元也是，前一个大家知道，后一个不能说没人知道，但肯定有很多人不知道。

屡屡提起程先生，说明祖父觉得他学问不错，不过更佩服的是沈祖棻先生。沈是程先生相濡以沫四十年的结发夫妻，她的《宋词赏析》深受读者欢迎。祖父对沈先生的评价之高，让我目瞪口呆，认为她是李清照之后的第一人。

沈祖棻在一九七七年因车祸丧生，她毕业于中央大学，是赫赫有名的才女。南京大学卖弄历史，一定不会忘了国民党时期的中央大学，而中文系必定要吹嘘当时的几大教授。如果说当年北大以新为标榜，南大便是旧的典型，老顽固老古董都集中在这里。沈先生本是新人，写新诗，写时髦的短篇小说，几年大学读下来，在老先生们的熏陶下，成了不折不扣的旧文人，玩旧文化玩得很精。

旧文化其实很烦人，譬如写毛笔字，譬如诗词格律，这些东西不可能天生就会，必须从小训练，要下很大功夫。我们读研究生，古典文学专业的同学在程千帆的逼迫下，硬着头皮学写古诗，平平仄仄，一个个脸都玩绿了，弄到最后，真正能写像的恐怕也没几个。

祖父能写一手很不错的毛笔字，老派文化人都这样，不赞成儿孙练书法，也不要求学古文。旧文化那些玩意儿，事实上在我们的上一辈，已痛痛快快地失传。“儿生逢盛世，岂复学章句，书足记姓名，理必辨是非。”这是沈祖棻在“文革”中写给自己第三代的诗句，读起来总觉得有些沉痛，有识者认为含有人生不得志和反讽的意味，与苏东坡的“人皆养子望聪明，我被聪明误一生。惟愿孩儿愚且鲁，无灾无难到公卿”异曲同工。

老一代人对旧文化，心情十分矛盾，既希望发扬光大，又不鼓励过分投入。毕竟新更实用，更能安身立命，也更容易为人民服务。逝者如斯，天还是那天，地还是那地，文化已不是那文化。字总算都认识，理未必能辨是非，沈先生笔下的盛世，其实就是现代和当下。

失望总是难免，无可奈何花落去，旧渐渐远逝，新却没有就来。

程千帆
“捡到”的镇系之宝

一九七八年夏天，我的老师叶子铭先生四十三岁，大学毕业二十一年，仍然还是讲师。奉当时的南京大学校长匡亚明之命，风尘仆仆赶到武汉，寻找已被迫“自愿退休”的程千帆先生。

程先生住江边的一栋破房子，当了二十一年的“右派”，身上早就没有教授的傲慢。这栋破房子与当年的苏联专家有关，二十世纪五十年代，长江上造第一座大桥，“苏联老大哥”的专家前来指导，那房子就是给专家司机准备的。落水凤凰不如鸡，落泊教授不如司机，司机是工人阶级，是领导阶级，“右派”是阶级敌人。

“四人帮”粉碎了，“右派”快平反了。叶老师好不容易找到程先生，开门见山，问去南大有什么条件，程说没条件，只要工作就行。这一年程六十五岁，带几个破箱子，孤零零地来了南京。当时他的工资是四十九元，人事部门讲级别，财会处要报表，匡校长拍板，别谈规章制度，先按一百元算。按当时的标准，这一百元不算少了。

程先生是被弃用的废人，听说南大如此厚待，武大想不明白这一百块钱从哪儿出，便派人打探消息。南大的回答倒也幽默，说本校过期的报纸很多，每个月卖了正好差不多。于是武汉那边传开了，以讹传讹，说程千帆到了南京十分狼狈，靠卖废报纸度日。

八十年代初期，程先生还算不上什么古典文学方面的顶级人士，这时候，许多更老更牛的前辈还在，然而硕果仅存，都老得不像话了。程是老先生中的小先生，当时有一本影响广泛的《唐诗鉴赏辞典》，洋洋洒洒一百八十万字，初版就是三十万册，撰稿人有俞平伯、钱仲联、马茂元、萧涤非、施蛰存、霍松林，都是名人。程先生不但领衔，而且亲自作了篇有分量的序言，因此在许多人心目中，这本影响很大的巨著，他差不多就是主编。

这当然只能算俗名，是虚名，程先生的学问没有话说。引进人才就像做买卖，当年南大雪中送炭，把落魄的程先生弄来，赚了很大一笔，回报丰厚。程毕业于金陵大学，一九五七年在武大当中文系主任时被打成“右派”，此后二十一年没教过书。到南京教书带弟子，活生生贡献了二十多年余热，为南大古典文学专业夯实了基础，这也是武大有识之士非常懊恼的一笔旧账。

老教授被打成“右派”，吃点苦头受些委屈，在不寻常的年代也属正常。但程先生耿耿于怀，不只是一个“右派”问题，关键是某些人公报私仇，那么多年不让他教书育人。大好岁月如此蹉跎，损人不利己，这是何苦，又是何其歹毒。

过去的中文系讲实力，通常标榜和卖弄老先生。中文系仿佛出土文物，越老越值钱，越老越不朽。三十年前，我在中文系读书，陈中凡老先生还在，他是一级教授，此一级非同小可，与今天的“国家一级”，绝对不可同日而语。

不过人太老了，只能是个摆设。大学四年，见陈先生的唯一一次，是在火葬场，我们眼见要毕业，去向老人家的遗体告别。老先生是镇系之宝，那一年已是九五至尊，这样的老先生还在，年轻的老先生就不得不谦虚一点。

我们读书时，程千帆先生是三级教授。北京师范大学的启功先生更惨，副教授。那时候学生毕业，跑去讨一幅字纪念，不仅不冒昧，还是很有些看得起的赏脸。记得第一次听程千帆讲课，说中国古代文人和妓女，常常与爱情有关，因为封建包办婚姻，男子不能自主选妻，只能“十年一觉扬州梦”，到烟花场所去寻找知音。

于是觉得程先生的课好玩，当时的读书原则，是课都要逃，我们却屁颠颠地去旁听他给研究生说唐诗。没有学分，完全是蹭课，白上。所谓我们，也就是我和那个铁哥们儿，这家伙是个晚上不睡觉的主，打起精神去听课已很不容易，听着听着，打起了哈欠，一而再，再而三，不断捂嘴。程先生看了，突然愤怒，说我七十多岁了，还站在这儿给你们上课，你要睡觉，回家睡去。

最终没去考古典文学，或许与程先生的这一断然呵斥有点关系，要知道我们当年不知天高地厚，也牛得很。我那哥们儿虽然不至于就此结梁子，很没面子却是事实。老先生发脾气，他的弟子就对我们翻白眼，教室里没几个人，让我们非常难堪。名不正言不顺，本科生去蹭研究生的课，本来就有些僭妄，太不知趣。

有一年和作家格非聊天，问当年为什么不报考程千帆的研究生，跟他后面读书多有意思，又说现如今程门弟子非常厉害，把持了古典文学的很多要害部门。格非是博士，又是清华大学中文系主任，他说厉害，自然是真厉害。与我一样，格非也是现代文学出身，对本门学问敬而远之。毫无疑问，我们都更喜欢古典，都为最终不能向古代致敬而遗憾。

当年如果报考古典文学，或许也能考中。首先三门课完全一样，其他三门，虽然不太好，也未必很差。这一年共招十五个研究生，三个专业各五人。现代文学最多，一百多人报考，莫名其妙的火热。都说近水楼台，本校考生难免沾光，这一级有四位出身南大，居然全在我们这专业。

王伯沆

活在民国的六朝人物

现如今恐怕已没多少人知道王伯沆先生，如果不相信，胡乱抓个中文系毕业生测试，回答肯定会让人失望。就算你很有知识地告诉别人，他是南京大学中文系的首任系主任，那也是很久以前，远得几乎不靠谱。

稍稍能够吸引人眼球的，是王伯沆曾教过大名鼎鼎的陈寅恪。一百多年前，陈寅恪还是个毛孩子，他的父亲陈三立老人移居南京，准备在这里安度晚年。爱住金陵为六朝，在青溪边构屋十楹，号“散原精舍”，因为王的学问好，遂邀请他为自己孩子讲课。

二十世纪七十年代末恢复高考，我有幸进入大学，为了没看完《约翰 · 克利斯朵夫》和《红楼梦》感到羞愧。一位热爱文学的漂亮女青年非常愤怒，她觉得没看完这两本名著的人，根本不配进中文系。于是我只能临时抱佛脚，重新认真阅读，前一本书仍然读不进去，后一本一看就入迷，真喜欢上了。

在我还是个毛孩子的时候，《红楼梦》怎么读都不喜欢，法国文学却是最好的精神食粮。随着年龄增长，一个人的文学趣味会发生很大变化。反正我开始琢磨《红楼梦》，不只是读小说，而且沉浸在很多研究文章中，甚至比较不同版本。离家不远就有个旧书店，有一天，我在那里买了一套《王伯沆红楼梦批语汇录》，厚厚两大本，看得津津有味。

王伯沆批《红楼梦》，前后共批了二十次，历时二十四年，共批了一万两千多条，见解独到，完全可以与金圣叹批《水浒》相媲美。因为这本书，我终于明白，当年不喜欢《红楼梦》，既和年龄有关，也跟学识有关，当然更与自己读得不认真不无关系。一本书随便翻一下，与静下心来仔细品读，完全两回事。

王伯沆出生在一八七一年，与湖南的杨昌济和北京的爱新觉罗·载湉同岁，杨后来成了毛主席他老人家的老丈人，载湉就是光绪皇帝。王是一个标准的新旧交替时代的人物，很有幸进了大学，成为大学老师。有记载说他上课十分精彩，讲解古代经典，头头是道，既生动又细致，既能旁征博引，又能妙语如珠，不仅文科学生喜欢，连理科的学生也去蹭课，经常是“室外窗前，皆听讲者也”。

王伯沆的女儿描绘其父风采，说他到大学去教书，提出了一个与众不同的条件，不写黑板字，不发讲义。说白了就是倚老卖老，他是一个六朝似的人物，也不要学校的任何聘书，根本不在乎别人怎么看他，只在乎学校如何对待，一旦有任何不敬，他随时准备拂袖而去。

从进入大学那天算起，王伯沆先生就没有年龄优势，与后来如日中天的著名教授相比，他是不折不扣的老前辈，比谁都大出一截。老不跟少斗，因为年龄大，很自然地跳到了是非之外。后人写文章回忆民国盛事，说起当年风风火火的中央大学，常喜欢说老先生们如何风雅，如何游山玩水，如何作诗吟诵，殊不知自有中文系以来，文人相轻的阶级斗争就没断过。

黄侃和吴梅动过手，陈中凡与胡小石翻过脸，有学问的人产生龃龉，你看不上我，我又不服你，本是人之常情。王伯沆生性耿直，一生刚正不阿，也是个有脾气的人，却从没听说这方面有过出格的事。

一九三七年抗战军兴，民国刚开始盛世，立刻又跌入了深渊。这时候，王伯沆六十六足岁，中过风，身体状况已不适合跟随中央大学师生一起西迁。愁看京口三军溃，痛说扬州七日围，做不了义民，只能当难民。日军飞机狂轰滥炸，别人想抬他去防空洞躲避，他坚决拒绝，说万物都有一死，死就死吧，用不着太害怕。

眼见着南京沦陷，国府仓皇离去，他不得不与遗民一起泪尽胡尘。汉奸很快找上门来，拉拢，授予挂名领薪的虚职，照例都被骂走。强迫办良民证，王伯沆不愿意在街上看到日本人，照相师只好上门拍摄。

中国文化人自晚清开始，对日一直有仇恨情绪。甲午海战，大清输得毫无脸面，又割地又赔款。一九〇〇年，写《老残游记》的刘鹗逝世，日本古董商人知其典藏甲骨丰富，多次与生活困难的刘家后人接触。王伯沆闻讯后，亲自赶往刘家劝说，同时召集故旧门生，商议收购，终于没让这批珍贵的甲骨流向海外。刘鹗性嗜金石，写过一本《铁云藏龟》，是最早研究甲骨文的人，曾收藏了甲骨五千多片。

一九四四年秋天，抗战胜利前一年，王伯沆含恨而去。遗言是生不愿见到倭寇，死了也不愿和敌人照面，身后秘不发丧，棺材不出门，就埋在自家院子。王师北定中原日，家祭无忘告乃翁，我的小说《追月楼》曾借用了这个细节。一九四六年冬，王伯沆的门人和好友举行了隆重的追悼会，厅屋正中挂着国民政府旌表的匾额，木质金字，上书“爱国耆儒”，落款是蒋中正。

王伯沆是地道的南京人，出生在门东祖宅，离乌衣巷不远。他老人家的先世，可以上溯到东晋南迁时的名臣王导。不过也是太久远了，说不清道不明。王谢堂前双飞燕，飞入寻常百姓家，他的祖宅如今还在，成了纪念馆，好奇者不妨前往拜谒。

柳诒徵
旧式文人标本

柳诒徵先生也曾当过陈寅恪的家庭教师，说完了王伯沆，忍不住还要唠叨，聊聊这位差不多已没人知道的柳先生。拉大旗做虎皮一定难免，学生出息大了，老师跟着沾光。前些年文化热，快被历史遗忘的陈寅恪成为显学，一时间，文化人不敢不知道。

陈寅恪厉害，他的老师自然不该是等闲之辈。事实上，柳诒徵只比陈大十岁，与伟大的鲁迅先生相比，也只是大了一岁。陈寅恪的传奇是中外文俱佳，跑的国家多，会的外语也就多。少年时，又幸得几位过得硬的家庭教师教古文和历史，仿佛调教小皇上一样伺候，童子功十分了得。柳诒徵的强项是中国历史，陈寅恪显然得其真传。

提到鲁迅，不只是年龄相仿，而是因为，相同或者不同，都有利于进一步了解柳诒徵这个人。先说相同，都是少年丧父，都是在母亲影响下成才。无论中外，在外戚关照下成长的名人数不胜数，譬如法国的萨特，譬如拉美的诺贝尔文学奖得主马尔克斯和略萨，都是靠母亲娘家人的帮助才有了辉煌后来。少年丧父，某种意义上来说，更容易让人早熟，更容易让人发愤。

柳诒徵是镇江丹徒人，自小读书刻苦，十岁时，已读完了《诗》《书》《易》三经。十六岁在金坛参加科举，考场得意，一举中了秀才。据说他的书法很有特色，小小年纪，不仅能写一手不错的汉隶，而且还能写篆字。不过荒唐之处却是，他竟然用篆书写了试卷，考官不但没有生气，还写了“未冠能此，可称妙才”的批语。

仿佛今天高考作文，考生写文言文，就保险系数而论，近乎玩火，甚至是邪门歪道。大家都知道科举的规矩，推崇乌方光的馆阁体小楷，必须端正。冒险往往会付出代价，好在柳诒徵遇到一位喜欢剑走偏锋的考官，相当于中学老师喜欢学生写半调子古文，于是瞎猫撞上死耗子，反正科举就要废除，清朝也差不多快完了，中不中秀才已无所谓。

柳诒徵与鲁迅的最大不同，一个是新文化激进代表，始终走在时代前列，另一个是旧文化保守典型，永远留守时代末端。和鲁迅过不去通常没什么好结果，众所周知，白话文和文言文有过三次交锋，与林琴南，与章士钊，与学衡派，柳诒徵便是学衡的代表人物，一直处在新文学的对立面。

鲁迅的评价向来一字之褒，宠逾华衮，一字之贬，严于斧钺。他给学衡的判词是“学且不知，衡于何有”，有了这句话，学衡诸人犹如戴上绿帽子，后人总是羞于提起。

吴宓先生对柳诒徵评价非常高，比较柳与梁启超的相同之处，认为两位可以联镖并驾，因为学问都是博览古今，学贯中外；都是致力于中国文化，归宿于儒学；都能以“浅显犀利之笔”，写出家喻户晓的文字；都“视诗词为余事”，也就是偶尔玩玩，然而一出手必精彩，远比那些成天写诗的人要强。

柳诒徵的为人，可用低调来形容。有人注意到，学衡派当年反攻倒算，柳是幕后推动的“黑手”，这至少可以说明，直接跳到前台来与敌人斗嘴说理，远不是他的强项。他吵架的本事，说到底就是我觉得应该这样，要是你们不愿意相信，那就只好拉倒。

柳诒徵相貌古怪，瘦，是标准的清癯，秃顶锃亮，两鬓很长，胡子也很长，不是马克思恩格斯那种生气勃勃的大胡子，是稀疏的山羊胡，一看就是中国文人，就是那种手无缚鸡之力的旧式知识分子。我们说一个人长得像古人，他那模样就是最好的标本。身着长袍大褂，手里始终拿着一支旱烟枪，一尺多长，系着黑布烟袋。为人文质彬彬有古风，学生见面行礼，必拱手作答。

柳诒徵的治学生涯，进入南京江楚编译局非常重要。虽然是民国前的一九〇一年，新式教材早已开始赚钱。这编译局很像今天的教育出版社，分享的是教科书这块蛋糕。近水楼台先得月，柳诒徵编写了《伦理教科书》《女学教科书》，又以自己编写的《历代史略》一书最为当时人推崇，堪称我国第一部新式的历史教材。

柳诒徵干了四年编辑，然后再当老师，前后二十多年。国民政府定都南京，他成为江苏省国学图书馆馆长，因为这差事，接触珍本善本的机会大大增加。难能可贵之处，他还是个实干家，上任后，首先对十七万册珍贵图书加以整理，印成当时我国唯一的藏书目录。

一九三七年抗战全面爆发，他亲带馆员转移图书，将一百多箱珍藏运至苏北兴化，避免了国宝落入敌手。一九四九年国民政府再次下令，让他将藏书迁至福建，运往台湾，他阳奉阴违，珍本善本已奉命装箱，却寄存在南京的朝天宫，结果就保留了下来，为新政府立了一大功。

新派历史学家，做学问在于敢疑古，理论立足点是科学和实事求是。柳诒徵是信古派的代表人物，这一派反对疑古，对古代经典有十分坚定的信仰，有宗教般的热情。好也罢，坏也罢，他们相信古代圣人总是不会错。往好里说，这种态度是从一而终，往不好里说，尽管传统功力深厚，但难免抱残守缺。

张元济

拒签孙中山，劝降蒋介石

张元济是商务印书馆的创始人，大老板，与蔡元培同学，都是浙江老乡。张大一岁，同一年考中进士。殿试时，蔡谈论西藏问题，张凭什么被光绪看中，我弄不明白，只知道皇上还算喜欢，让他找过想自己读的书，并且亲自接见，询问对维新的看法和建议。据说接见那天，紧接在正得宠的康有为后面，因为都属于改革派，最后没为了戊戌变法掉脑袋，也算万幸。

张元济可以吹牛的资本很多，见过大清皇帝，见过孙大总统，见过袁大总统，见过蒋委员长，又见过毛泽东，都不是简单的说话聊天。光绪召见，年轻气盛的张全心全意想为国效力，当时天下还在慈禧老太后手上，他总算有心计，说了一会儿，见皇上身后似有人影晃动，便不敢再往下讲。

政治立场上，张元济属于立宪派，立宪派的想法就是，英国比法国好，日本比俄国强。这当然与所处的时代有关，那时候，大英帝国是最强大的国家，小日本后来居上。像法国那样，动不动就暴力革命，这不好。像俄国那样，完全是封建帝王专制，也不好，它在日俄战争中，竟然不是日本的对手。

有了这样的立场，张元济显然不太乐意与孙中山走得很近。他心目中的中国，是国家强大，对内没有战争，对外反抗列强。谁来当老大并不重要，有皇帝也行，没皇帝也行，立宪或共和都无所谓。进入民国后，张元济作为商务印书馆大佬，扮演的是传媒大亨角色。手上有点钱，给点赞助不是问题，他曾捐款支持革命党人讨伐袁世凯，还请孙中山吃过饭，却有一件事弄得国父很不开心，这就是张拒绝出版他的代表作《孙文学说》。

张元济的解释是言论出版不自由，“官吏专制太甚，商人不敢与抗，并非反对孙君”。考察民国时期的出版，尤其民国初年，不说绝对自由，也可以说相对自由。时间已是一九二〇年，离中国共产党诞生还有一年，话这么说，多少有些推诿，孙中山是有名的大炮，哪能受得了这委屈，愤怒地指责创业二十多年的商务印书馆已被封建余孽所把持。

说张元济与后来的民国政府结梁子有些过分，不过真算不上太热络。他后来显然后悔没出版孙中山的书，毕竟这么做，得罪了后来得到天下的国民党。图书出版是桩大买卖，不与当权者很好地合作，便赚不到白花花的银子。商务印书馆的牌子越来越大，在文化界的地位也越来越稳定，在商言商，虽是社会大名流，也不免要考虑经济利益。

辛亥革命后，张元济的政治态度，基本上是顺应大局，不当保皇党，不为清朝殉葬。就像张謇力行实业救国一样，张元济把所有的精力，都放在了出版事业上，他的帝国就是商务印书馆。称民国时期的商务为出版帝国并不夸张，在开启民智和昌明教育方面，它起的作用绝对不同凡响。

“一·二八”淞沪抗战的第二天，商务印书馆成为打击目标，遭遇了毁灭性的轰炸。侵沪日军司令曾公开表示，轰炸几条街区没什么意义，消灭商务印书馆这样的文化重镇，以及所属的东方图书馆，“它则永远不能恢复”。大火造成商务一千六百三十万的经济损失，同时被烧毁的还有东方图书馆珍藏的四十五万册图书，其中有很大部分是古籍善本和孤本。

张元济以旧学翰林的身份，当选为国立中央研究院第一届院士，考虑到整个人文组只有二十八位，他老人家能够取得一席，与学贯中西的胡适陈寅恪傅斯年，硬生生地挤在一起，真是不容易。平心而论，他的学问也就那么回事，算不上名副其实，能够获得这样的荣誉，完全因为文化地位。

张元济与蒋介石的关系十分微妙，仗着虚长二十岁，是前辈是老乡，忍不住就会倚老卖老唠叨几句。他似乎并不太赞赏这个后生，很有些鄙视蒋的出身。一九三〇年，在给胡适的一封信中，他称蒋等新兴权贵是想“做孔子，诛诛少正卯”，是“一班屠狗卖缯的和那乡下老太婆”，打着革命旗号，借统一玩专制的把戏。

不过他并不属于那种喜欢与当权者作对的人物，识时务者为俊杰，作为前朝遗老，“戊戌党锢孑遗”，他始终反对内战，反对专制，反对暴力。蒋虽然不赞成这观点，也不能不给面子，毕竟他在文化界很有影响。一九五六年，张元济给躲在台湾的蒋写信，回忆过去，期望未来，恳劝蒋“默察时局”，效仿浙江先贤吴越国王钱镠，放弃独立，归顺中央，与共产党再次合作。

这样的信写了也是白写，蒋介石看了，一定会在内心深处骂“娘希匹”。当然，信最终有没有到蒋的手上，也可以存疑，据说是以广播的形式对台湾喊过话。信的文采很好，八股文的底子，起承转合有板有眼，听众却未必能懂，完全是古文，用典也太多。

一九四九年九月，开国大典举行前夕，张元济曾与毛泽东一起游天坛，并且摄影留念。毛知道张年轻时做过京官，便问是否来过这里，张回答说此处乃天子敬天的地方，自己不过是个小官，怎么能有资格来，毛听了哈哈大笑。

陆费逵

用教材押注革命

陆费逵是中华书局的创始人，不姓陆，和常见的诸葛和欧阳一样，是复姓，应该叫陆费-逵。大家都知道，《百家姓》远不止姓氏一百，光复姓就有八十一个，陆费还不在其中。我堂嫂的一位姐夫就姓陆费，复姓的人一般只喊姓，小时候听岔了，一直觉得这人名字很怪，叫“路费”。

这位远亲与陆费逵是本家，很近，究竟近到什么程度，我一直也没弄明白，只知道确实是有关系。陆费逵祖籍浙江桐乡，与茅盾和丰子恺是同乡。不过他出生在陕西，十二岁去江西南昌，在那儿一直待到成年，参照新旧习惯，既可说是浙江人，也可说是陇西人，更可说是南昌人。他的远祖在明朝时还姓费，后来出嗣舅家姓陆，再后来，费氏本支无人，又兼祧陆费两家，从此复姓。

记不清是哪位长辈说过这故事，反正我早就听说过，知道陆费逵精明强干。辛亥革命前夕，他正在商务印书馆就职，收入相当丰厚，已经几百大洋。那时候的商务印书馆一家独大，国内出版界无人敢跟它叫板。陆费逵独具慧眼，预感到帝制即将结束，悄悄召集了几个人编写新课本。据说商务的老板曾私下问过他，时局不稳，要不要准备一套新的教材，他虚与委蛇，说暂时还没那个必要。

辛亥革命爆发，旧封建教材不能用了，陆费逵来了个窝里反，抓住千载难逢的好机会，成立中华书局。他及时推出了自己编的适合共和政体的新课本，打了老东家一个措手不及，一下子便站稳了脚跟，迅速成为出版界老二。这套教材不仅满足当时的教学需要，而且赚足了第一桶金，从此奠定了中华书局的经济基础。

陆费逵的故事说明了出版业的两个简单真理，首先抓住机遇，把握好时代主旋律，商场如战场，不仅要准，还要够狠。中华书局编辑出版新教材，本身就是一场赌博，押的是共和胜利，在这样的关键时刻，牵一发动全身，错一着输全局。当时的商务印书馆是出版界航母，实力虽然雄厚，却转身困难，毕竟旧教材是其看家之本，不像中华书局那样灵活，船小好掉头，没有任何负担。

其次，教材永远是香饽饽，谁捏在手里都赚大钱，谁能垄断谁就是大腕。今天的各家教育出版社，之所以财大气粗，靠的就是教材，甚至只是很一般的教辅。要知道，因为科举制度，我们向来是个崇尚教育的国度，老百姓心目中，万般皆下品，唯有读书高。商人重利本是无可厚非，打着教育旗号做买卖，名利双收轻而易举。

陆费逵的母亲是李鸿章侄女，时至今日，可能不知道陆费逵是谁，但你一定会听说中兴名臣李鸿章。出身名门常为大家津津乐道，按辈分，应该是张爱玲奶奶的堂姐妹，张爱玲得喊陆费逵一声表舅。

熟悉张爱玲文字的人都知道，在她小说中，富二代官二代皆不是什么好东西，基本上败家子，大多数没出息。谁要是以为在那个时代，大户人家的孩子就有前途，一定大错特错。富不过三代，那是太平年代，到了乱世，一代都熬不过去。往好里说，陆费逵是书香门第，其实早已家道中落。

二十世纪三十年代，上海滩煮酒论英雄，将陆费逵与外国的爱迪生和高尔基并列，评为自学成才的典型。入选的还有叶澄衷和杨斯盛，叶是家产万贯的五金大王，杨是大名鼎鼎的建筑大王。与同样是出版大亨的张元济不同，陆费逵成为别人羡慕的成功人士，首先得力于母亲的教育。

张元济科举出身，戊戌变法失败，维新人士遭到镇压，砍头掉脑袋，政治上的无出路让他义无反顾地投身出版。那时候，陆费逵刚十三岁，已能够识字读报，受新思想影响，与保守的父亲难免冲突。好在开明的母亲支持，不赞成儿子走科举俗路，不强迫读八股文。当时的科举形同高考，敢不理睬这根指挥棒，真不容易。

陆费逵十分自豪，他一生中只付过十二元钱学费，母亲教了五年，父亲又教了一年，入南昌英语学塾附设日本专修科一年半。究竟学会了哪一门外语，我也弄不明白。他的成就不是在学问上，一个搞出版的天才，不在乎有多少学问，而是要知道什么才是学问。陆费逵的强项是知道该出什么书，什么书对世道有用，什么书对国家有好处，什么书能够赚钱，能够名利双收。

除了独步天下的教科书，陆费逵手下的中华书局还有两个绝活儿。一是印钞票，今天听起来天方夜谭，近乎滑稽，但事实就这样。我见过这种印有孙中山头像的纸币，国民政府货币改革，统一的法币都是由中华书局承印。承印不代表可以随便印钞票，这是纯粹的技术问题，只能说明你有这设备，有这能力和实力，在此之前，中国纸币都由外国公司承印。

二是印大型工具书，中华书局的《仿宋版二十四史》《辞海》《古今图书集成》，都赫赫有名，一般出版社玩不起，也不想玩。陆费逵要玩就玩大，而且出手阔绰，譬如字数达两亿的《四部备要》，他竟然敢许诺，谁发现一个错字，奖赏十块大洋。

章锡琛

堂堂开明人，俯仰两无愧

民国期间的商务印书馆，有些像黄埔军校，中国现代史上的几位出版人才，都从那儿出来。最典型的例子是陆费逵，跳槽重组了中华书局。商务和中华是出版业界的老大老二，接下来的老三老四，规模小很多，排名已没意义。

排在第三位的应该是世界书局，老板也是商务出身，先跳槽中华书局，然后又另起炉灶。世界书局的老板叫沈知方，格调不是很高，玩畅销书的高手，趣味糟糕，经济手段恶劣，鸳鸯蝴蝶派黑幕小说大为风行，跟他的推波助澜分不开。聪明往往被聪明误，与商务和中华相比，世界书局起伏最大，会赚钱，不断变花样，但太会投机，造成的失误也更多。

开明书店差不多可以算是第四，老板章锡琛如出一辙，同样是在商务学会了本事，再自己艰难创业。有趣的是，几位做出版的老板，与商务印书馆的创始人张元济一样，都是浙江人。看来不是商务出身，不是浙江老乡，还真搞不好出版。章锡琛的籍贯是绍兴，生于一八八九年，比我祖父要大五岁。

当出版社老板，眼光固然很重要，能不能赚钱，更重要。张元济的商务敢称老大，最重要的原因还是经济。治大国如烹小鲜，真能把一家出版社玩好了，与管理好一个国家也差不太多。张元济的继任者王云五，就曾在国民党经济最危难的时候，出任行政院政务委员兼财政部部长。

相比之下，章锡琛干出版，经济手腕并不算最突出。他不能跟商务的张元济和王云五相比，比不上中华书局的陆费逵，也比不上世界书局的沈知方。但是他有知人之明，手下有个很好的团队，譬如主持编辑工作的夏丏尊、王伯祥、周予同，当然还包括我祖父。

开明书店风格比较实在，与章锡琛的为人性格有关，也与团队的精神追求分不开。堂堂开明人，俯仰两无愧，一九四六年，开明书店创业二十周年，出版了一个纪念册，与通常的热烈庆祝和鼓吹不一样，只是以文会友，收集了九位好友的文章，篇篇都是珍珠和精华。仿佛兰亭的曲水流觞群贤毕至，又好像华山的比武论剑高手过招，每个人都在不经意间，拿出了力作。

这九篇文章分别是吕叔湘的《从主语宾语的分别谈国语句子的分析》，郭绍虞的《论中国文学中的音节问题》，浦江清的《花蕊夫人宫词考证》，郭沫若的《〈考工记〉的年代与国别》，钱钟书的《中国诗与中国画》，王力的《新训诂学》，游国恩的《论〈陌上桑〉》，顾颉刚的《辛未访古日记》，翦伯赞的《台湾番族考》。

开明书店经营图书，主要是文史和教育，前些日子，《开明国语课本》热闹了一番。在文学书籍方面，出版了茅盾的《蚀》和《子夜》，巴金的《家》《春》《秋》。一九四九年以后，开明书店招牌不复存在。搞文学的这一拨人，与共青团中央所属的青年出版社合营，改名中国青年出版社。善于编教材的高手，去了人民教育出版社。

当年办开明书店，章锡琛很有生意眼光，林语堂编了一本英文教材，起先准备给北新书局，北新以要价太高拒绝，于是开明出了这本《开明英文读本》。林语堂的要价确实很高，每月要预支三百大洋的稿费，这时候，开明书店的所有资金，也就四五千元，可他还是很勇敢地做了这笔买卖，结果大家赚钱，据说林语堂仅靠这本书，就拿了三十万大洋版税。

开明书店不存在了，章锡琛七转八调，最后去中华书局，当副总编辑。此时的中华书局，经过公私合营，性质完全改变。他再会经营也无用武之地，只能整天和古籍打交道。一九五七年被打成了“右派”，从此闷闷不乐，“文革”中又遭迫害，含怨去世。

我父亲二十世纪八十年代写纪念文章，说章锡琛被错划为“右派”。时隔三十年，重读这些文字，不由一阵悲凉。家父也属于错划之列，对这两个字有切肤之痛，章锡琛一家被错划的还有二弟、五弟、长子、次子及次媳，这几个人都跟出版有关系，都是这方面的行家。父亲说他们成为“右派”，原因很简单，就是太内行，太懂出版，那年头，内行常会忘了自己是谁，有意无意就犯了大忌。

章家与我们家关系非同寻常，章太太是我伯父和伯母的大媒人，说笑时，也曾把父亲与章家的小女儿配成一对。小孩子对这种事照例很难为情，因为这玩笑话，害得父亲都不好意思与章家小女儿一起玩。章太太喜欢打麻将，有时也拉着我奶奶做搭子，父亲说小时候最不愿意奶奶打麻将，章太太怕他捣蛋，总是买好吃的东西哄他。

晚年的章锡琛住在北京，存款冻结，日子很清贫。我伯母不时会送些东西，有一次买了只鸭子过去，还有其他的副食品，没想到竟然害得他闹了好多天肚子。很长时间没吃油腻的东西，肠胃消化不了。父亲说起这个，忍不住叹气，章锡琛虽然是开明的老板，确实也曾经有过钱，阔过，但是为人一向低调，从不铺张浪费，用土话说是非常做人家，晚年穷困成那样，也想不到。

章锡琛活了整整八十岁，死于一九六九年。

王云五
从商务印书馆管到国家财政部

蒋介石去了台湾，竞选“总统”。所谓竞选，用今天的网络流行语言，就是“你懂的”，然而程序还得走，还得一本正经。根据有关规定，“总统”只能当选两次，老蒋已N次，必须有人出来解开这扣。担当会议召集人的王云五发话了，这样那样，然后新规定出台，“行宪首任总统，不受宪法第四十七条连任一次之限制，连选得连任”。意思是说，只要老百姓愿意，首任“总统”与皇上一样，可以一直玩下去。

时至今日，很多人不知道王云五是谁。什么都是浮云，商务印书馆大老板，国民党政府的财政部长，考试院和行政院的副院长，共产党通缉的四十三名战犯之一，同时拥有两个老婆，所有这些很能吸引人眼球的信息，曾经的时髦话题，没人再当回事。

王云五生于一八八八年，早在一九一二年就参加了草创期的国民党，当过孙中山秘书，这资格很老，足以吹牛。十五年后国民党终成气候，因为没重新登记，国民政府并不承认他这位老党员。后来政坛上混，都是以党外人士和社会贤达的身份。在很多人眼里，他比国民党还国民党，一些蒋介石亲信不太合适说的话，他可以毫不脸红地说出来。

抗战胜利国共大战，知识分子不得不面临选择，出版界的大佬们也必须考虑何去何从。王云五去了台湾，这时候，他已下海从政，与国民党政权搅在一起，生死与共。开弓没有回头箭，想退缩也不可能，否则在商言商，为了读者，他不应该走。

学而优则仕，专业人士当官，服务社会本是件好事，可是政治斗争向来凶险，弄不好会把持不住。所谓专家，就成了统治阶级的工具和小丑。王云五是出版界的奇才，与商务的前辈张元济比，与中华书局的陆费逵比，与世界书局的沈知方和开明书店的章锡琛比，他的综合分数最高，业务能力也最强。作为张元济的继任，商务印书馆这艘超级航母，处于老大位置多年不败，王云五功不可没。

经营一家出版社，与治理一个国家有些相似，如果不是太多战乱，商务印书馆的经营策略，用来管理国家并没有太大不妥。

商务自创办，一直致力于文教，所做的一切无非人文为本，服务文化，提高读者修养。基本上一直在赚钱，赚大钱，且很难把低俗与商务联系在一起。

君子爱财，取之有道，王云五善于理财，国民政府要崩溃，突然想到请他出山救驾，让他当财政部长挽救危机，可惜病入膏肓，谁也救不了，纵横捭阖，还是枉然，毕竟国家不是出版社。

王云五天生的生意人，民国年间在上海玩弄出版，能玩好做大的，绝大多数是浙江人。他是个例外，祖籍广东香山，出生在上海。父亲做小买卖，很小就进一家五金店当学徒，说他是生意人，因为确实有商家独到的眼光。

譬如用按揭方式，买了一套《大不列颠百科全书》。在今天，那些有经济头脑的人，会想到按揭买房买车，而差不多一百年前，王云五就用这种出位的方式，来为自己的教育投资。他不是科班出身，没上过大学，没留过洋，仅仅靠夜校学英文，学了没几年，成为英文老师，与孙中山的老丈人宋耀如一起任教。他教过的学生中，最有名的是胡适，只比他小三岁。胡适后来学问很大，可是不得不承认，曾深受王影响，王是他年轻时的两大偶像之一。

王云五的文化积累，都是大百科全书教授。按揭购买了这套书，三年后付清书款，已将全书认认真真通读。纵观他一生，皆用做生意的办法对付，用经济手段普及文化，用普及文化获得最大的经济效益。

老一辈人谈起王云五，颇有微词，都佩服他会赚钱。过去常说的四角号码字典，就是他所发明。据说《王云五大辞典》，每年可抽取版税五千大洋，在二十世纪三十年代，这绝对是笔大数目。小时候，我硬着头皮学过好多次四角号码，始终没真正弄清楚，因为这缘故，很讨厌这种检索方式，同时也想不明白，为什么它能挣大钱。

王云五有一壮举引以为豪，即出版《万有文库》，所谓“万有”就是什么都有，古今中外，规模之庞大，与当下的好大喜功，绝对有一拼。在他主持下，当年国内有一半图书出自商务，而这套大型文库，也是当时世界上最牛最大的一套丛书。中国的读书人口基数多，市场大，正好赶上民国难得的盛世，有钱人买一套，基本上就是一个小型的家庭图书馆。

《万有文库》出了一千七百多种，四千多册，价格不算很贵，不过一般老百姓还是消受不起。好在永远不缺乏有钱人，而且一定会有公款埋单，因此总体上，这套丛书是很成功的策划。可惜盛世过眼烟云，日本人要来了，国难当头，文化壮举照例难以维持，注定虎头蛇尾。

熟悉现代文学的人，都知道茅盾主编的《小说月报》。这刊物很有影响，但叫好不叫座，经济状况并不佳，仿佛今天的纯文学。王云五主政商务，茅盾很快辞了主编职务，很显然，得不到他的支持。到晚年，茅盾仍然耿耿于怀，在自传中可没说他什么好话。

林语堂

原来写书可以这么赚钱

二十多年前，到出版社当小编辑，向干了几十年编辑工作的伯父请教，听他说掌故，谈当编辑的经验。我这个菜鸟当时最大的苦恼，是不知道如何赚钱，出版社考察某人好坏，首先得看经济指标。

伯父是开明书店的老人，要说故事，就是开明的过去。他开导我，文学书籍向来不赚钱，巴金和茅盾名气很大，代表作都在开明出版，然而也只是赚个吆喝，雷声大雨点小。反倒是不起眼的书，出乎意料赚大钱，譬如林语堂的《开明英文读本》，譬如夏丏尊翻译的《爱的教育》，销路之好版税之丰，今天的人都不敢相信。

大约就是从那时候，开始羡慕林语堂，怎么可以这么有钱，这么阔绰。二十世纪八十年代初，万元户很流行，当时有一万元存款，基本上一辈子吃喝不愁。那年头的万元户，绝对比今天身家上千万的老板还神气威风。再往前，钱就更是钱了，几千块钱买个四合院。林语堂靠《开明英文读本》，居然拿了三十万大洋的版税，真金白银，怎么能不让人眼红。

人比人气死人，同样编书，此一时彼一时。现如今编了类似的教材，涎着脸求出版社，找熟人打招呼，请责任编辑吃饭，给领导送礼，好不容易出版，打发叫花子一样，给点稿酬彻底拉倒。林语堂真赶上了个好时候，他是天生的生意人，知道如何经营，知道如何谈判，更明白摆谱的重要，一开价就是每月先预支三百大洋再说，那个牛呀，一般人还真学不会。

林语堂，福建人，父亲是教会牧师，受西方文化影响，英文自然是好。大学在上海念，圣约翰大学，一毕业立刻去清华任教，然后又到哈佛混硕士学位。他的博士学位是在德国拿的，很重要的原因，是没钱，美国费用太高，于是到德国去混文凭。第一次世界大战，德国战败了，民不聊生，老百姓日子不好过，生活水平极低，非常适合于穷学生。当时的中国留学生，无论官费还是自费，大都有过去德国蹭学位混文凭的念头。

林语堂生于一八九五年，实际年龄比鲁迅小十几岁，常和周氏兄弟混在一起，走得很近，是《语丝》的重要作者，笔头也厉害，因此给很多人的印象是岁数不小。他不太喜欢与年龄相仿的欧美留学人士玩，什么新月派，什么现代评论，常常是他讽刺和挖苦的对象。也许赚了大钱，成名后的林语堂不再好斗。变得很绅士，越来越绅士，叼着烟斗，自我为中心，闲适为格调，没有了战斗性，弄得鲁迅也不太高兴。

说起写文章的前辈，林语堂当仁不让是会赚钱的主，有经济头脑。不过聪明人也会失算，也会亏本，也会棋错一着。很长一段时期，他把才智都用在了发明中文打字机上，结果和马克·吐温一样，眼见设计快要成功，没想到竹篮打水一场空，害得自己几乎破产。据说为此损失了近十四万美元，这可不是个小数目。

林语堂后来的文章都用英文写作，不仅虚构小说，大量随笔也是。他成了一位为西方写作的作家，写了不少畅销书。相当长的时间里，他的作品和中国文坛没关系，一九三五年去美国，一九六六年回到台湾，这期间，基本上在国外，作品断断续续大陆有些翻译，主要还是八十年代以后。

我们谈现代文学史，更多的也是看重出国前编过的那些刊物，譬如《论语》，譬如《人间世》，譬如《宇宙风》。林语堂很容易给人产生一种错误印象，只会写些不痛不痒的小品文，一味自我一味闲适。事实当然不是这样，他是个非常地道的职业作家，创作的文字数量，产生的文学影响，一点不比同年龄段的一线作家少。

林语堂写过八部长篇小说，数不清的文化随笔，差一点儿就混到诺贝尔奖。他的小说会让人想起赛珍珠的风格，也许中国人的故事，用英文来描述，难免那种怪异和别扭，是一种不伦不类的节奏，说白让人难以忍受，更适合港台风格的电视连续剧。

两脚踏东西文化，一心评宇宙文章，相比较而言，我更愿意读他的随笔，最欣赏那句“泼妇骂街，常近圣人之言”。众所周知，幽默的原创是林语堂，虽然是翻译，没有他的信手拈来，现如今便不会有这两个常见字。林语堂的幽默是让滑稽变得斯文，谑而不虐，其实他真正擅长的还不是幽默，也不是人生哲学，而是文风的汪洋恣肆，天马行空，什么都能写，什么字都敢用。

五四一代作家中，林语堂为文最放肆，最敢用俗语俚语甚至下流话，亦庄亦谐，俗极而雅。如行云流水，行于所当行，止于所不可不止。艺高人胆大，文化的底蕴厚实了，什么顾忌都没有，他的语录体有些浅，非常适合今天，是天生的网络语言。

林语堂用英文写了小说《京华烟云》，在西方很叫座，偏偏不肯自己译成汉语，认为最合适的翻译人选，是比他小两岁的郁达夫。很显然，他欣赏郁的文才，认为市场前景会好，可以让译者小赚一笔。当时正是抗战，郁的生活狼狈不堪，忙着离婚，哪有闲情来翻译他的小说。

周越然

最有钱的淫书收藏家

一提起这位周越然，便想到禁书，想到色情读物。记得当年读高中，一直想从锁着的书柜偷《金瓶梅》看，这个很不容易，父亲明白儿子到了青春期，会有贼心，想不学好，因此防得很紧，让你根本无从下手。书就是这样，越不让看，越想看。后来终于有机会可以看了，好奇之心大减，固然还有些慌乱，但是也没怎么样。

再后来，很坦然地听父亲说谁这方面的藏书最多，知道在浩如烟海的淫书世界，《金瓶梅》实在算不了什么。知道某某高官就好这个，哪位著名作家也好这个，而有一个叫周越然的前辈，才是个中的真正高手，收藏绝对丰富，见识异常广泛。什么《肉蒲团》，什么《痴婆子传》，在他老人家眼里，皆是小巫，皆是不稀罕的大路货。

关于这个周越然，可以让人一说的，起码有两点。首先是有钱，有相当多的钱，要想搜集奇巧淫书，没有真金白银不行。其次钱要有来路，天上不会掉馅饼，人能发财总得有些原因。当然，他不只品德低下专收淫书，更会玩书爱书，是品位和级别都非常高的藏书家。

周越然是浙江人，出身贫寒，生于一八八五年，与周作人同岁。也是爹死得早，也是处于新旧交替时代，科举取消了，不得不走新学的路子。在科举功名上，他比周氏兄弟强，鲁迅和周作人都未能入围秀才。他们上过同一届的考场，赶过最后一班车，周越然却略胜一筹，考中了一个正经八百的秀才头衔。

周越然混饭吃的手艺是英文，这个本事基本上靠自学，程度相当不错，据说连在国外长大的辜鸿铭都很赏识。他三十岁时进了商务印书馆，是函授学社的副社长，兼英文科科长。这职务很像今天的新东方负责人，时髦得很，专赚有志青年的银子。早在一百年前，学外语就是非常不错的好买卖。或许是志向比较远大，他突然想到要跳槽去南京，也就是南京大学的前身南京高等师范。

就在这走与不走期间，他编写了《英语模范读本》，这套教材要比林语堂的《开明英文读本》早好多年。《英语模范读本》在五四运动以前已经出版，《开明英文读本》要晚十年。早也好，晚也好，两套教材都让编者大发洋财，盆满钵满，钱多得用不完。

用《英语模范读本》的版税，周越然买地建房，盖了一座叫言言斋的藏书楼。当年的版税，一结算便好几万，年年都是如此，好的年头，还不止结算一次，害得他坐在家里当富翁，没事就数钱玩。

很显然，要说挣钱的快活，周越然更超过林语堂。林语堂已让寒酸文人眼红，轻而易举获得几十万大洋，周越然挣得更让人目瞪口呆。在文坛上，他没有周氏兄弟的地位，和鲁迅周作人响当当的名声比较，只能算个小角色，可他有钱。

附带说一句，当年的商务印书馆财务严谨，从来不隐瞒作者版税，一笔一笔，该你的就是你的，算得非常清楚。附带再说一句，历史经验早已证明，在文坛上混，写得好，不一定挣钱，有些声望，包括有很大的名气，也还是不一定挣钱。

言言斋藏书楼是典型的暴发户，他的主人赶上了一个玩收藏的好时代，新旧交替，破落户多，好东西根本不值钱。乱世最适合收古董，就跟遭遇“文革”一样，有心人如果有眼光，看准了，可以用最小的代价，获得最大收益。事实上，没用多少年，言言斋便琳琅满目，周越然写文章谈起自己的藏书，总是掩盖不了小小的得意。

“一·二八”淞沪抗战，日军对上海狂轰滥炸，言言斋毁于大火，损失惨重，被焚古书两百箱，西洋书籍十几橱。一般人经受这种打击，必定万念俱灰，不再做收藏之梦，可是周越然几乎立刻东山再起，干脆搬到了租界，凭借源源不断的版税，继续穷搜秘籍珍本。当时很多藏家的日子都不好过，不得已卖几本书换大米，周越然嗜书如命，巷头街尾奔波，见了好书便千方百计，据为己有才痛快。

周越然最让人诟病的，不是对稀罕淫书的偏好，也不是稍稍提前的性学观点。他在报纸上开专栏，说书，说淫书，大谈春画秘册，格调并不低下。一些与性有关的英文词汇，经过他的翻译，变得非常滑稽可笑，譬如“阉”（castrating），不说“去势”，而音译成“割势去丁”，很玩味。

生活中的周越然也不乱来，他觉得那种书看多了，越看越平淡，心如止水，如果年轻人真能像他那样见多识广，就不会冲动闯祸犯错误。有些事，越禁越病态，越不允许，越会越轨。一个出生在大清朝半新不旧的文人，当时能有这样的见解，很不容易。

日本人猖狂得志，连续举办过几次大东亚文学者大会，脑子只要有根弦的作家，绝不会去参加。周越然不仅去了日本，还是个小领队，活生生地坐实了汉奸文人的罪名。当时北方的周作人和俞平伯，上海的张爱玲，都曾名列代表，都以各种理由拒绝，周越然为什么非去蹚这个浑水，真想不明白，他又不缺钱。

林汉达
从教材抄袭者到“青年贩子”

小时候，没人管我们该读什么，长大了，有孩子或孩子家长请教，问今天的孩子应该读什么书，还真不知道如何回答。前些日子在东莞搞讲座，一个初中生模样的孩子非常认真，说大人让他们读的书，根本就不想读，读不进去，是不是真的要读完。

答案当然是否定，我说不想读就不读，就把书扔了。这孩子乐了，又问该读什么，回答说不知道，这让他很失望。我也很失望，而且有歉意，因为确实不知道今天的孩子想读什么。己所不欲，勿施于人，《哈利·波特》之类的畅销书，我一点都不喜欢。

事后才想到了外国的房龙，想到了中国的林汉达，都是我童年时喜欢的。当然，我童年的背景与现在完全不一样，当年能喜欢，不等于今天还会喜欢。记得曾推荐女儿看房龙，翻了没几页，她就不耐烦，又还回了书橱。总算很知趣地没继续推荐林汉达，女孩子通常没兴趣学历史，《上下五千年》这样的读物她肯定不愿意接受。

当年读《春秋故事》，读《战国故事》，读《西汉故事》，仿佛看金庸小说，那个兴致勃勃，那个废寝忘食。我多年不改的历史兴趣，很可能就是这几本书引起的。记得有一次，伯母跟父亲聊林汉达，说什么记不清楚，只记得话题由一架钢琴引起，怎么样怎么样，反正关系很近，就好像在说隔壁邻居。我能够记住这次谈话，是因为正在读林汉达写的书，心里觉得很好奇，想不到作者竟然是他们熟悉的一个人。

林汉达当过教育部副部长，说起这教育部，我也有些朦胧记忆。六岁时，祖父曾带我去过好几次，当时部里有位神通广大的医生，可以通过针灸医治小孩尿床。弄不清楚是不是那位医生妙手回春，更不清楚是否见过能写一手漂亮文章的林汉达，有一点不会有疑问，他的办公室就在祖父隔壁。

我见过一份国务院公文，撤销五名副部级官员的职务，五个人分别是监察部副部长王翰、高等教育部副部长曾昭抡、教育部副部长林汉达、体育运动委员会副主任黄琪翔、民族事务委员会副主任费孝通，口气很严厉，理由很简单，五个人全是大

"右派"。

林汉达当了"右派"，终于能够静下心来写和修改他的历史故事。《东周列国故事新编》写于新中国成立前，繁体字，竖排本，不适合孩子阅读。新写的三个故事，也就是"春秋"、"战国"和"西汉"，由中国少年儿童出版社出版，后来的《上下五千年》，是在遗稿的基础上由别人续写完成。

林汉达生于一九〇〇年，比林语堂小五岁，感觉上远比想象的要年轻。他是浙江慈溪人，与蒋介石的笔杆子陈布雷同乡，天生是搞教育的。小学、中学、大学，都当过老师。二十八岁，进世界书局当编辑、英文部主任、出版部主任。

在出版社干事，最大好处是知道怎样能挣银子。商务的《英语模范读本》和开明的《开明英文读本》大赚特赚，世界书局没理由不编一本类似的东西出来抢钱。这差事便落到年轻气盛又聪明过人的林汉达身上，大学毕业不久的他胆子也大，脑子里根本没什么版权意识，天下文章反正一大抄，大胆引用参考，很快把一套《标准英语课本》倒腾出来。

那年头编教材并不难，林语堂花了三个月，周越然那本时间也不长。商务和开明赚大钱，是始料未及，世界书局直接奔钱而去，有些不择手段。结果开明书店与世界书局打起了官司，林汉达很被动地卷入其中。说起这段掌故也有意思，先告上法庭的不是开明，反倒是不太占理的世界书局。

开明一开始只是抗议，指责它抄袭，拿出了种种证据。世界书局老板沈知方不省事，不认错，告开明诽谤，花大价钱雇了律师，竟然告赢了。开明不服，以理力争反复申告，最后调解结案，开明事实上完胜，世界书局不得不销毁了《标准英语课本》的纸型。

林汉达经此挫折，便跑到美国去读了两年书，获得硕士学位，读完博士学分。有没有博士学位，存疑，据说科罗拉多州立大学最强的专业是畜牧，排名在美国大学中不算靠前，两年就能拿到博士学位，含金量恐怕也有问题。好在只要留洋归来，也不会有人较真儿，毕竟有本事更重要。

抗战胜利，受美国的民主熏陶，林汉达突然有了强烈的参政意识，拉党结派，成为民进的重要创始人之一。相比较而言，民进在各民主党派中思想并不太激烈，国民党却很不喜欢，称马叙伦为“失意政客”，称林汉达为“青年贩子”，恨不能取缔了才好。

民进早期的领导，林汉达最为活跃，是积极分子，因为激进，甚至还被通缉。新中国成立，民进的一号人物马叙伦，成为首任教育部长，林汉达也进入官场，官至教育部副部长，致力于文字改革和语文教育，推广普通话。平心而论，如果不打成“右派”，这职务不算小，待遇也不算差，可惜一旦成为“右派”，虎落了平阳，情况完全不一样。

林汉达成为大“右派”，是级别高，说他反党，反社会主义，有点冤枉。

桂永清

黄埔一期也平庸

有人喜欢刨根问底，有人喜欢让人猜谜，更有人喜欢抬杠子。某次饭局，一位社会学教授神秘兮兮地发问，说凡事都有点原因，你们知道张艺谋为什么厉害，为什么牛气，为什么手上总会弄出一点绝活儿。众人目瞪口呆，不知深浅，仰望星空一样看教授，半天没人敢作声，于是教授只好自揭谜底：他爹是黄埔的。

在座有位上海小姑娘，人很漂亮，顿时开窍恍然大悟，说没想到张导他爹原来也是上海人，又说自己家就在黄浦区，说不定还是邻居。立刻有人驳斥，小姑娘真会瞎套近乎，地球人都知道张大导演陕西西安人，扯同乡哪轮得上你，人家与秦始皇才是同乡。

教授开始大谈黄埔，痛说中国现代军事史。报了一连串人名，谁谁，黄埔一期，谁谁，黄埔二期。一期二期的名人有谁，三期四期的名人有谁，还有谁谁谁。天花乱坠，说着说着就错了，忍不住纠正一二。教授不服气，立马争论，我笑着说若论黄埔军校的人名，在下有位发小是这方面行家，有什么争议，问他绝对没错。

我这位发小没上过大学，多年以来，一直为一位首长开车。他的强项是记人名，大百科全书派，只要当过中央委员，有点名气的电影明星，过气的文化名人，各省历届省长和省委书记，元帅大将上将中将，张口就来。对于出身黄埔军校的将领，只要是前六期，十有八九都能给你说出一二三来。

于是当堂验证，我给发小打电话，问他黄埔一期的桂永清在德国留学，学海军还是陆军。发小说当然是陆军，教授抢过电话，不服气地问，那这个人后来怎么就成了国军的海军司令。结果谁也说服不了谁，教授很不屑地挂了电话，继续为桂永清拉票，说就算桂学的是步兵，他是中国现代海军的创始人，这个也肯定错不了，你们知道桂永清当年最佩服谁吗，他一生只佩服两个人，一个是德国的邓尼茨，一个是日本的山本五十六。

教授的话无非两个重点，有了两个基本点，其他都可以免谈。首先，是黄埔一期，这很了不得，仿佛中央台的主持，不牛也得牛，想不牛都不行。其次，留德学过军事，这更了不得，相当于主持人中的金牌，一线大腕，起码也得是白岩松那样。

长久以来，黄埔军校一直被光芒笼罩，虽然我们小时候的教育，把国民党反动派骂得一塌糊涂，把国民党军队贬得一钱不值，然而说起黄埔，难免拔高，因为只有说它厉害，才能证明战胜它的共产党军队更厉害。

作为黄埔军人中看不中用的代表，桂永清十分形象，非常合适。他生于一九〇〇年，在黄埔学生中，年龄并不算小。当时的年龄条件是十八至二十五岁，他的年龄已接近上限，与政治部主任周恩来和青年教师陈诚相比，只小了两岁。

当然黄埔一期学生中，还有年纪更大的，譬如胡宗南，当时二十八足岁，比许多老师的岁数都大。桂永清是江西人，我能记住这个人，不是因为他的赫赫战功，而是一些与战争并无直接关系的琐事，譬如童子军暑期军事集训总队总队长头衔，譬如他写的《领袖歌》：

“大哉中华，代出贤能！历经变乱，均能复兴！蒋公中正，今日救星，我们跟他前进，前进！复兴，复兴！”

歌词实在不怎么样，当然了，桂永清热爱领袖，把老蒋当作大救星，蒋介石特别在乎这个学生，把桂看成是“黄埔军人的楷模”，这是他们自己的选择，萝卜青菜各有所爱，就算是不靠谱，也无可厚非。我觉得桂永清不够出色的原因，不是会拍马屁，而是因为不太会打仗，没有什么惊人的战绩。

桂永清作为职业军人，最值得说的不是出生入死。他官运亨通一路升迁，级别相当高。从黄埔出来，不过两三年工夫，已是团长，然后少将中将、海军一级上将，国民党军队最高级别就是上将。生于乱世，却更像一位和平年代的军人，军容整洁训练有素，看上去仪表堂堂，他是“中华民国”的海军司令，最后还当过“国防部”的参谋总长。

并不是所有黄埔出身的军人，都能得到蒋介石的重用。“天子门生”有时候还有特指含义，只指向少数几个人。桂永清是中央军校教导总队队长，这支部队由清一色的黄埔学生组成，德式装备，被认为是当时国军的样板，模范之旅，战斗力最强。可惜恰恰就是这支精良之师，在桂的指挥下，屡战屡败，每一次都输得很惨，很壮烈。

桂永清只是善于练兵，并不精通打仗。抗战初期兰封战役惨败后，他基本上失去了第一线作战的机会。不久，成为驻德武官，德国和中国断交，又当过驻英国武官和军事代表团团长。说白了，对于职业军人来说，尤其在惊心动魄的战争年代，这都是些不咸不淡的角色，上不了什么大台盘。

桂永清曾代表国民政府去伦敦接受英国赠送的军舰，这意味着他即将成为海军方面的一号人物。长期以来，中国一直挨打，所谓海军，也就仿佛他当武官，摆摆样子，撑个门面。

杜聿明

败军之将，不敢言勇

被毛泽东钦点为战犯的四十三人名单中，黄埔一期出身的军人占四位，分别是胡宗南、王叔铭、桂永清、杜聿明。胡宗南是封疆大吏，是西北王，权很大，兵很多，像模像样的大仗并没打过多少。王叔铭和桂永清属于武官式的军人，大仗打得更少，一个当了空军司令，一个当了海军司令，只能说是仕途得意。当然这也不能怪罪他们，上个世纪的中国特色，空军和海军都不可能有太大机会，也休想有什么作为，只能是地面作战的陪衬。

最倒霉的是杜聿明，他的一生，就是不断被打败。身经百战，枪林弹雨，出生入死，部队不止一次被击溃，最后还当了共产党的俘虏。如果没记错，他也是唯一被活捉的战犯，其他大佬不是去台湾享受晚年，就是转危为安临阵倒戈。从为党国效劳的角度看，桂永清只是楷模，杜聿明则是不折不扣的劳模。

能够当劳模，首先是因为他善战。在战争年代，蒋介石心目中，劳模远比楷模更有用，更重要，楷模是让人看的，劳模却得随时随地派上用场。无论是抗日战场，还是后来的东北和淮海，杜聿明扮演的角色都举足轻重。他是国民党军队的救火队队长，关键时刻，老蒋便想到要用他。

杜聿明是蒋介石手中的重要赌注，这张王牌打出去，基本上就是最后一搏。用足球来形容，他所在的球队，始终是一流俱乐部，天生是用来打高水平比赛的。杜聿明是球队的灵魂和核心人物，差不多是梅西和C罗那样的球星，可惜他生来与冠军无缘，尽管任劳任怨，参与了很多场近乎经典的决赛，但他的球队最后总是输球。所以说，他再牛，再能征善战，也只能是一位悲催的统军人物。

作为中国第一支装甲部队的领导人，杜聿明注定成不了德国的沙漠之狐隆美尔。他的装甲部队也是中看不中用，在实际作战中，既不是日本人的对手，也不是共产党的对手。直截了当地冲锋陷阵，远不是杜聿明的强项，他本质上还是一个文人，善于大场面作战，根据地图运筹帷幄，能制订出非常好的作战方案。这些方案完全可以写进教科书，如果真能够付诸实行，淮海大战可能是另外一种结局。

据说杜聿明的作战方案，每次都有上中下三项，供最高统帅选择，偏偏蒋介石糊涂，永远都会选择下策。因此蒋埋怨手下无良将，杜也只能恨自己选错了俱乐部。杜聿明打不过林彪，打不过粟裕，完全是因为有个糟糕的老板。换句话说，蒋介石根本就不是毛泽东的对手。

杜聿明一生参与很多重要战役，国民革命军的北伐，长城抗战，淞沪抗战，一仗仗打下来，终于成为国民党军队的高级将领。昆仑关大捷让他爆得大名，当时有篇报道吹得神乎其神，说因为有了杜的督率，中国军队已经开始步入现代化，这样的报道足以让他成为军事明星。

最后虽然是惨败，但在杜聿明的军事生涯中，更多的是被誉为常胜将军。他确实打了不少胜仗，军衔完全是依靠军功获得，一仗接着一仗硬打出来。不错，他在关键时刻输给了林彪，输给了粟裕，输得一塌糊涂，然而他的内心深处，未必心服口服。

先说和林彪的对阵，我想他一想到这个对手，心里就会严重不爽。首先师兄竟然被学弟打败，杜是黄埔一期的老大哥，林彪是黄埔四期，在军队方面，讲究论资排辈，尤其是在黄埔，一期天生应该老大，比他们更牛的人根本找不到，除了他们的老师和校长。以高校为例，黄埔一期是北大清华，二期便降了档次，到三期四期，不过是个大学本科文凭。

军队系统有自己的游戏规则，在共产党这边，黄埔一期的陈赓曾归林彪指挥，林对他的态度，往往是放任不管，干脆放鸭子，大致安排一个方向，你爱往哪儿打就往哪儿打。杜聿明在一开始不把林彪放眼里，还有个重要原因，林彪其实也没打过多少仗，像平型关这样的伏击战，与杜的赫赫战功相比，根本是小菜一碟。全面抗战的八年，林彪有一半时间在苏联养伤，剩下那一半，可圈可点的战事几乎没有。

事实上，杜聿明在东北战场也不能算完败，以球赛为例，他赢了上半场，输了下半场，打成平手。四平一战，杜聿明曾让对手十分难看，让林彪感受了从未有过的挫败。不可思议的是，几乎在同时，杜聿明还去医院割了一个左肾。

真正的惨败是在淮海战场，这一次输得十分彻底，他不仅身败名裂，也把国民党军队的老本赔个精光。很多人都想不明白，他也百思不解。一九六〇年，英国的“二战”名将蒙哥马利来中国，有机会与杜聿明对话，问他在当时手中掌握了多少军队。杜聿明说有一百万，蒙哥马利闻讯大吃一惊，说一个拥有百万大军的统帅，不应该被打败。

杜聿明很无奈，败军之将无以言勇，只能很懊恼地告诉蒙哥马利，对方的兵力更多。他想不明白，牌面上看，自己军队兵强马壮，数量上也占优势，可是实际作战时，解放军总会占着绝对的多数。不知不觉中，部队都跑到对方阵营去了，都成了解放军。

胡宗南

老一点怎么了

四十三名甲级战犯中的四位黄埔一期，已说过三个“天子门生”，干脆再顺带说一下胡宗南。桂永清江西人，杜聿明陕西人，王叔铭山东人，只有这位胡宗南，与蒋介石同乡，浙江湖州人。

胡宗南的个子很矮，据说不到一米六，与拿破仑有一拼。是黄埔一期同学中的超龄生，入学时都过了二十八岁，比他的同期生王叔铭大了足足九岁，而出身于黄埔四期的林彪，在二十三岁时都当上了军团长。不过他起步虽晚，升迁最快，吃香喝辣啥也没耽误，一九二四年入学黄埔，半年以后毕业，在机枪连当排长，过了两年多，升为少将副师长，又过了大约三年，竟然荣升中将。

胡宗南还是唯一一位在大陆时就被晋升为上将的黄埔学生，国民党军队最高军衔也就是上将，蒋介石的国民政府授军衔大有学问，给谁不给谁极其讲究。尽管上将有一大批，都数不过来，委员长笼络杂牌军将领，玩统战的把戏，动辄喜欢奖赏一个军衔，然而对于黄埔学生却货真价实，轻易不会给予。也就是说，同样上将中将，有虚实之差别，含金量并不一样。

黄埔军校是个传奇，就说这非常牛的第一期，一共五百多人，活下来的都是人精。在校时间之短，骇人听闻，也就半年光景，还不如野鸡大学，甚至不如普通的职业中专。列名一期的黄埔同学，鼎鼎大名者不少，平庸者更多，人们提起黄埔军校肃然起敬，更多的还是一种名人效应，仔细想想，短短半年时间，又能学到什么。

师傅引进门，修行在各人，黄埔的传奇在于它是个整体，每个人做出的努力，获得的些许成就，都可以为黄埔这栋大楼添砖加瓦。个人荣誉同时也是集体的荣誉，所谓一荣俱荣，黄埔把团伙效应发挥到了最大值。时势造英雄，在黄埔的光辉照耀下，作为个体想碌碌而为，想平庸，想没出息都困难。跻身在这样的团队中，可以把个人的潜力给逼出来。

一九二三年底，黄埔军校开始招生，胡宗南在上海参加初试。有一种说法，说毛泽东当时也是主考官之一。查年谱，此时毛确实在上海，正准备去广州参加国民党的第一次全国代表大会。不过年谱上并没有记载此事，毛和胡也好像从未提过，因此只能随手八卦一句。

当年的考试与今天相似，要考作文、政治、数学和英文。同样讲究学历，要求"中学毕业及与中学相当之学校"。胡宗南隐瞒了三岁，在众考生中，他文化水平比较高，英文交了白卷，还是顺利地通过初试。

说起胡宗南报考黄埔，有很多版本。有人说做生意亏本，有人说欠赌债，有人说为竞争小学校长一职失败，有人说为逃避包办婚姻。不管什么原因，投考黄埔服务军界，都与渴望改变现实处境有关。

当时的胡宗南只是一名小学教员，身居偏僻小县城，深感前途无望。眼见着要三十岁，功名二字毫无着落。辛亥革命，他年龄太小，挨不上。五四运动，岁数正合适，那是大城市大学生们玩的事，他同样是挨不上。但是新的风气却无处不在，有时候越是处在闭塞的小县城，对外部世界的追求会越强烈。

就在五四运动爆发那个月，胡宗南第一次离开家乡，随小学教育考察团到上海参观。第二年又到南京高等师范学校进修，

“壮岁游学金陵，仰高山而怀先烈，过城垣而思故国”，这次进修不仅大开眼界，而且结交了几位志同道合的好友。显然，外面的世界太精彩，青年胡宗南志存高远，已不可能在小县城再待下去，出去闯荡是迟早的事。

作为一名小学教员，胡宗南的考试分数并不低，不过因为英文交了白卷，去广州参加复试，还是有些犹豫。好在路费对方提供，大不了白跑一趟，结果他的成绩倒没什么问题，只是身高不符合要求，最终有惊无险，带点戏剧性地进了黄埔。他当过体育教师，喜欢历史和地理，在黄埔学生中，各方面表现不算最突出，也很说得过去，毕竟他年长几岁，见识多。

胡宗南个子虽矮，冲锋陷阵是条汉子，在机枪连当小排长，一路打杀，以最惊人的速度升迁。好运来了也拦不住，他成为蒋的绝对亲信，最宠爱的将领之一，雄霸西北。最得意时，“养兵四十五万，部队不为不多；新式武器当为全国三分之一，配备不谓不精”，可惜遇到了更厉害的共产党，被解放军打得落花流水。

军人最大的本钱是军事实力，胡宗南并不善于大兵团作战，说白了就是一个成功的浙商，敢闯会经营，生意做得很大，最后仍然是砸。后人提起他，常有两件事不肯放过，一是孤身逃到台湾，千军万马流落在了大陆，下场很惨。二是最后三万两黄金不翼而飞，这是很大的数目，有人曾怀疑胡宗南私吞，老同学王叔铭便爆料，飞行报表上曾见过这些黄金的记录。

三万多两黄金是写惊险小说的好引子，据说当时的军需官，在混乱中买了十八头骡子，专门用来驮黄金，千辛万苦一路逃亡，不料被解放军冲散，黄金从此下落不明。

附记1　黄埔的底色

张学良晚年站出来澄清，说“九一八”当时，蒋介石并没下过“不抵抗”的手谕。好汉做事好汉当，张是东北男人，没有就是没有，东北大好河山是在自己手上丢的，说他是不抵抗将军，这个没错，硬赖到蒋介石身上，不地道更不厚道。

蒋介石下过“不抵抗”手谕，起码在二十世纪七十年代他过世前，大多数人都这么认为，许多国民党元老也持同样观点。事实上，面对当年日本帝国主义的挑衅，“不抵抗”差不多就是政府的基本国策，或者说是外交策略。国民政府知道真打起来，我们恐怕不是对手，因此骨子里不能不软，嘴上不能不让步。

当然，还有那个“攘外必先安内”的口号，话虽然不太错，却是蒋为人诟病的重要把柄。平心而论，自从在北伐的途中，国民革命军在济南叫日本人拦截了一下，中国的主权遭受极大侵害，蒋介石的内心深处，就惦记着日后要跟日本人真枪实刀地干一场。有一个细节不知真假，说西安事变时，张扣了蒋，要逼蒋抗日，蒋给张看了自己的日记，张于是相信蒋是要真心抗日的，相信自己是误解了蒋。

蒋介石还有一个让人诟病的软肋，只重用黄埔出身的军人。都说他是同乡会会长，喜欢用浙江老乡，而且是浙江籍的黄埔学生。因此就有了任人唯亲的骂名，说他只知道保存嫡系，一心想消灭地方杂牌。蒋一生中的最大狼狈，不仅仅是被共产党打得落花流水，还有一个就是关键时刻的众叛亲离。

说蒋是个赌徒，并没有太大不妥。记得黄仁宇先生说他性格，兼有日本浪人的流氓气与越人的侠义。蒋好结拜兄弟，搁在今天，他就是个成功的浙商，敢闯，敢拼，不服输。事实上，无论一九三二年的“一·二八”，还是一九三七年的“八一三”，两次淞沪抗战，蒋都没袖手旁观保存嫡系。前一次是派了王牌第五军上阵，仗打了人死了，可是军功都记在十九路军上面。

南京灵谷寺有抗日烈士陵墓，埋葬了挑选出来的一百二十八位阵亡将士，以纪念淞沪“一·二八”抗战，其中就有五十八名第五军的代表。

为什么蒋要掩盖自己嫡系部队参加抗日的真相呢，因为有个策略问题，是政治的需要。国民政府必须要向文明世界表明，中国官方已控制不住反日情绪，十九路军奋起抗战，只是地方武装的自发行为。结果这个故意被掩盖的真相，日本人当然知道，国军高层也都知道，就老百姓被蒙在鼓里。

中国近现代史上的强势人物，曾国藩是个大例外，他玩军事，靠军功成了大名，却不太相信枪杆子。功成以后，忙不迭地玩退隐。在他以后，谁也不愿意学这书呆子，都明白枪杆子里出政权的硬道理。从袁世凯开始，都是靠军事实力说话，是骡子是马，战场上见分晓。

蒋介石一生都相信军事，迷信军事，辛亥革命时光复杭州，他举着双枪冲锋陷阵。当了黄埔校长以后，更是以善于治军和用兵为荣，据说他最喜欢的称呼，不是蒋主席，不是蒋委员长，也不是蒋总统，而是学生身穿戎装，脚后跟用力一碰，立正，然后高喊校长。

说他只看中黄埔学生，也真不完全对，首先黄埔是个大团伙，与蒋平辈的或者略小一点的，有很多都是黄埔的教官。打个不恰当的比方，所谓黄埔基本上就是今天的党校，打着军队现代化的幌子，国军高级将领中稍稍年轻一些的军官，要在第一线带兵打仗的，差不多都与黄埔有这样那样的联系。说白了，黄埔就是军队系统的文凭和资历。

对于黄埔学生，蒋介石曾发过牢骚，说黄埔出来的人都太牛，二期三期嫌营长连长太小，四期不愿意当排长。他说这话时，还是指刚毕业的黄埔学生，当时五期毕业的甚至找不到差事。好在战事不断，乱世英雄起四方，随着国民革命军北伐成功，黄埔军校搬到了南京，黄埔的学生越来越多，机会越来越大，前途也越来越广阔。

一九三七年的“八一三”淞沪抗战，是对黄埔学生的一次大检阅。最初参与作战的部队，都是蒋的嫡系，清一色黄埔军官，德式装备训练有素。这次战役的最初目标，只是想消灭盘踞在上海租界的三千日本海军陆战队，结果却是越打越大，中日正式全面开战。双方不断增兵，中国军队损失惨重，蒋的嫡系部队拼得最凶，据统计，当时光阵亡的团长有二十八人，营长四十四人，这些青年将领大都是黄埔学生。

“八一三”抗战证明了蒋的抗战决心，也验证了中央军的成色，虽有保家卫国之肝胆，可惜实际作战能力不怎么样。不过这场豪赌还是值得，接下来很长时间，没人再说蒋假抗日，他成为无可争议的抗日领袖。

附记2　黄埔学生的年龄问题

一九二三年底，黄埔军校酝酿招生，全国各地发布广告。由于还是北洋政府时代，所谓公开招生仍然不是很公开。根据招生要求，考生年龄应该从十八岁到二十五岁。当时的胡宗南已超龄，不得不有所隐瞒，因此我想当然地认为他是岁数最大的黄埔学生。

有人告诉我，胡宗南二十八岁进黄埔军校，算不上年龄最大，有一位叫李仙洲的，比胡还大两岁。这让我感到很意外，只好重查资料。不核对不要紧，一认真，发现隐瞒岁数的人，竟然不止一个两个。比胡宗南年长者大有人在，光是同年就有好几位，有的早年阵亡了，有的做了共产党俘虏，也有的去了台湾。名声都没法与胡宗南相比，至少是个少将，以黄埔一期的资历，只混到这个级别，显然玩得不太好。

李仙洲生于一八九四年，比胡宗南大两岁，三十岁才步入军校。黄埔军人中，也算有头有脸，官至中将，是集团军司令。抗战胜利国共大战，他归黄埔三期的王耀武管辖，很不服气。当兵的永远讲究资历，论资排辈，讲岁数，他比陈诚还大四岁，可人家是黄埔的老师，不服也得服，小自己十岁的王耀武竟然是顶头上司，是可忍，孰不可忍。

比李仙洲大一岁的是韩浚，也是中将，也是黄埔一期，在苏联留过学，曾经的共产党员，后来跟着蒋介石干，莱芜战役中被解放军活捉。比韩浚又大一岁的是邓瑞安，进入黄埔前，既当过小学教员、警察分所长、烟酒公卖局印花税委员，也当过兵，当过中尉排长，后来不知所终。

还有一位赵子俊，年龄更大，一八八九年出生。一九二一年中国共产党刚诞生，第一次代表大会还没召开，他已经是党员。进黄埔军校，三十五岁，超过上限十年，天知道当时怎么审查。赵在北伐途中阵亡，如果活下去，无论站共产党这边，还是在国民党那边，肯定是个不得了的人物。

当然，最过分的应该是三十八岁的丁琥，江苏东台人，生于一八八六年，比蒋介石这校长还大一岁。和他相比，胡宗南是不折不扣的小弟弟，小十九岁的王叔铭绝对可做儿子。丁琥病故于一九二八年，军衔上校团长，以今天的眼光看，走出校门三年，有这职务也说得过去。

不仅黄埔一期有高龄学生，二期三期也有。二期的林廷华，生于一八九二年，三期的胡醴泉和黄文澜，都二十八，与胡宗南同岁。除了封建时代的科举，只有不拘一格的特殊年代，才会这样八卦。二十世纪七十年代末恢复高考，也曾出现同学年龄相差很大的现象，也曾有过父子同榜的报道。

孙立人
在缅甸活埋日本战俘？

抗日名将的故事往往添油加醋，一些传闻家喻户晓，越传越玄乎，越来越不靠谱。当然有许多也并非完全虚构，譬如孙立人将军的新一军在东北，有一天他的老部下跑来，说将军别问怎么了，你跟我走就行。孙被带到一栋住宅前，听见院子里有女人惨叫，一脚踢开门，几位国民党军官抓了几名日本女人，正在伤风败俗。

孙立人立刻暴怒，冲了进去，抡起马鞭痛打，一边大骂："你们不是人，是畜生。"这个故事的真实性不容怀疑，叙述者是孙的老部下潘德辉，此人出身军统，在新一军原本是为了监视孙立人，后来却成为死党，与孙一起去台湾，一起坐牢。如果他是共产党的俘虏，为了抹黑国民党，编造还有可能。

故事的结尾，孙立人特意让潘安排人将几个日本女人送回家。我不知道孙将军最后怎么处置那几名军官，估计也只能是抽几马鞭。国共大战在即，正是用人之际，要清算也得等战争结束以后再说。况且，按照某些中国人的逻辑，有了日本人在南京大屠杀时期的暴行，这点不人道又能算得了什么呢。

关于孙立人将军，最不靠谱的一个传闻是，在印缅战场曾下令虐杀日本战俘。说法一，命令手下，抓到的日本兵先审一下，凡是到过中国的，立刻枪毙。说法二，下令活埋了大量日军，具体数字是一千二百名。有太多证据说明这传闻很扯淡，根本不可能成立，偏偏又有太多人相信它是真的，而且认定孙将军这么做是对的，理由也是南京大屠杀。

为什么一个根本不存在的传闻，会让那么多人信以为真，如痴如醉。在当下的互联网上，无论是不赞成虐杀日军俘虏，还是否认孙将军曾下过这样的命令，都会遭到网民不分青红皂白的谩骂。网民有充分发表见解的自由，但是中国网民在网络上的自以为是，暴露出来的极端戾气，既让人啼笑皆非，更让人不寒而栗。

广州一位三十八师老兵托人打电话给我，嘱咐一定要把他说的要点写出来，这位老者是孙立人部下，当年在师部谍报队服役，是活着的见证人。出于对老长官的热爱，他强调了以下几点：

第一，日本人非常顽强，生俘的很少，所谓活埋是胡说八道。第二，活捉俘虏可获奖励，为了邀功，也不会这么做。第三，为获得情报，任何一名被俘的日本士兵都有价值，为防止他们自杀，常将其捆绑在门板上，当时战俘待遇很高，有时甚至用飞机押送，如果要杀，根本没必要浪费时间。

这位叫梁振奋的老兵特别提到了孙立人的留美经历，说孙将军在美国学习军事，他接受的教育，不可能做出虐杀战俘的不人道行为。我并不太认同这个推断，它不能证明什么，反倒有美化美国佬的嫌疑。中国自古是礼仪之邦，在我们的儒教文化中，杀俘虏从来不被推崇，解放军的“三大纪律八项注意”，就明确指出“不调戏妇女，不虐待俘虏”。

恰巧腾讯新闻上有一条信息，说明即使是在和平年代，美军也可能存在性侵丑闻。美联社二十五日报道：“森丹斯电影节放映纪录片《看不见的战争》，讲述美国武装部队中为数不少的性侵案。援引国防部消息源：二〇一〇年，美国武装部队中有超过一万九千人在服役期间遭受‘性创伤’。其中，受害女兵大约一万四千人，男兵五千人。”

我们讨论问题，必须就事论事，孙立人是否虐杀过战俘，关键是有没有，不是会不会。结论显然是没有，那么接下来讨论的第二点，应该不应该。答案也很简单，当然不应该，绝对不应该。对于那些非要说“有”和“应该”的网民，我只能无话可说。

孙立人注定是一个充满传奇的人，他比梁思成大一岁，早期学历几乎完全一样，都是清华出身，都是学土木工程，都是去美国深造，在美国拿到学士学位。早期的清华是留美预备学校，比中专略好一些，相当于大专。孙立人是清华的体育明星，据说曾身兼篮球足球棒球排球队的队长，甚至进入国家篮球队参加了第三届远东运动会，决赛中击败日本获得冠军。

如果是太平岁月，孙立人很可能会成为梁思成那样的建筑大师。拿到学士学位不久，他进入弗吉尼亚军事学院学习文史。这个也让人不太明白，由于已有了工程学士学位，他改读文史，直接读三年级。两年后，又拿到了文学士的文凭。接下来，周游世界，考察列强军事。十年后，他成为国民党军队高级将领中的一个异类，既不是国民党员，又不是出身黄埔。你可以说孙立人曾是杂牌军，最初的部队只是税警，后来的新一军三十八师，却是标准的王牌之旅。

国民党军队中能打胜仗者很多，真正像孙立人这样，保持没有惨败记录的并不多。他是个特立独行的军人，与黄埔出身的将领常会有矛盾。国共大决战，他明升暗降，被授以虚职，成为陆军副总司令兼训练部司令，基本上成了个打酱油的。

孙立人因祸得福，避免了被打败的命运，保住了不败的名声。他手下那支雄师，最后在长春向解放军缴械投降。

林　虎
走对了前九十九步

一九二五年三月，黄埔学生参与东征，对手是陈炯明手下的猛将林虎。这位林虎久经沙场，根本不把刚入伍的黄埔生放在眼里，大战前先放出豪言狠话："何物学生军，不过是小孩子胡闹把戏而已，你们看我把他们杀得片甲不留。"

此话是针对媒体发布，由此可见林虎当时的得意。如果不看结果，光研究前半截，这位与蒋介石同岁的林虎，军事履历革命资本一点不比蒋介石逊色。蒋有保定军官学校和日本士官学校的金字招牌，懂点历史的都知道，他的学历掺了水，很山寨。保定军官学校的学制为两年，蒋介石读的是陆军速成学堂预备班。日本士官学校更不靠谱，是东京振武学校，一所日本人为中国人办的预备学校，基本上相当于办在美国的新东方。

林虎出身于江西武备学堂，在中国近代史上，武备学堂是个怪胎。按照中国人老传统，好铁不打钉，好汉不当兵，清朝政府要玩军国民，想成为军事强国，一窝蜂地建武备学堂，希望培养军事人才，变文化人为武化人。林虎是广西汉子，前辈是闹太平天国的那拨人，晚辈更是人才辈出，著名的桂系领袖李宗仁就是他的老部下。

晚清各个省都有武备学堂，说起这些新式学校，想做强国梦的清政府一定后悔莫及。花那么多银子，国防未见巩固，却养虎成患，成了封建朝廷的掘墓人，为以后的连年内战埋下祸根。当兵的不读书识字还好，有点知识，一个个都变得不牢靠，新军成了最不安定因素。

林虎是老同盟会员，本名荫清，是黄兴给他改的名。辛亥革命，与蒋介石一样，都是冲锋陷阵当急先锋。他是南京临时政府的警卫团团长，在革命党的部队中也算是精锐，二次革命讨袁，高举义旗，是江西讨袁军左翼司令。袁世凯称帝，他担任讨袁的护国军第六军军长。事实上，孙中山也很看重林虎，最后与这位老同盟会员分道扬镳，觉得非常可惜。

林虎输给黄埔学生军是一生的转折点，这一仗脸面大丢，一蹶不振，从此退居二线，冷眼看蒋介石一步步如日中天。当年的部下李宗仁也渐渐飞黄腾达，他有心问政，想继续戎马生涯，又害怕蒋记仇，不容他。识时务者为俊杰，作为老革命，既然站错了队，就认赌服输，不再掺和军事。

这以后，林虎走名人路线，与当政者若即若离。国共两党都有统战传统，他当过两届参议员，当过国大代表立法委员。一九四九年后，是广西的政协副主席，副省级待遇，安享晚年。

林虎十五岁进武备学堂，同学中有一位李烈钧，此人后来大出风头，辛亥革命，他是江西都督。林虎快毕业那会儿，与几名同学在街上遭遇调戏妇女的流氓，大打出手，得罪了当地的权贵。学校迫于压力，贴出布告，开除几位参加打架的学生，林虎则以成绩特优，免予开除，仅记大过一次，打手心三十。

这是林虎面临的第一次人生抉择，他选择了离开学校，选择了与同伴共进共退。既然这架一起打的，要罚大家一起罚。值得一提的是，他的同学李烈钧就是因为成绩特优，被保送至日本士官学校。如果林虎愿意服软，选择留下，说不定去日本的人就是他。

一九〇六年，林虎经黄兴介绍，参加了刚成立不久的同盟会。这在当时，还属于地下党，是一个在清政府眼皮底下的秘密组织，由此可见他的革命资格，相当牛。以今天的眼光看，林虎青年时代的每一次选择都是对的，大清没落之际，他选择了革命党。然后倒袁，护国战争，都是与时俱进，大方向都正确。

作为一名职业军人，不断面临选择，有时候是一桩非常尴尬的事。他是广西人，在民国初年，省份很关键，这是一个地方军阀崛起的年代。桂系军阀既欣赏他的军事才能，又不太放心他的革命党身份。用他是为了打仗，不放心的是怕他倒向革命党。

林虎最后选择了陈炯明，桂粤联手，本来就在情理之中。这种选择本身也是一种身份认同，毕竟陈炯明跟他一样，大部分时间都是革命的。林虎跟着黄兴干，跟着李烈钧干，包括跟着陈炯明干，事实上都是站在孙中山的阵营，只是在最后，又随着陈炯明一起背叛了孙中山。历史的吊诡在于，陈炯明走错一步，林虎亦步亦趋，也跟着一错到底。

像林虎这岁数的武夫，想成为一方枭雄很难，然而这又是唯一的出路。与冯玉祥和阎锡山相比，他还不够资格，与黄埔的学生相比，他又太老了。林虎最大的本钱就是手上的武装，因此他一失势，绝无东山再起的可能。

不仅蒋介石容不了，新桂系的李宗仁也未必会真心喜欢林虎。国民革命军占领上海，已当上军长的李宗仁踌躇满志去看望躲在那儿的老上级，林虎问李宗仁，蒋介石会不会记仇，对自己有所加害。李宗仁很暧昧，说这个说不准，你还是出国避一避为好。于是林虎只好流亡海外，据说出国的钱，便是李宗仁赞助，不过这钱也不多，混了没两年，生活没着落，只好回国老老实实地做寓公。

陈绍宽
在一九二八年提出航母计划的人

古代中国人没什么外国概念，普天之下莫非王土，率土之滨莫非王臣，皇上相信天下都是自己的，有时候，即使明白不是这么回事，也忍不住装糊涂。反正中国人的海外观，自大之外，就是不友好，譬如海禁一词，元代有，明代有，尤以清代最厉害。

这个海禁我始终不太明白，好像古人到海边，除了熬点盐，没其他正经事可干。想当年，私自出海是杀头之罪，所谓海禁，是不许偷偷地往海外跑，其实凭渔民的那些小船，他们还能跑哪儿去。

海禁的理由不外乎两个，一是怕私通敌国，在清初，郑成功跑台湾去了，不让你下海，或许还有些道理。后来大清越来越牛，经过康乾盛世，即使为了颂扬国威，也应该到海外去看看，偏偏清政府就是不敢。

二是也觉得没这个必要，起码淡水鱼足够吃了，犯不着跑海洋里去打鱼。不像今天，近海早没鱼了，人们要吃海鲜，渔民不得不往远洋跑，不得不跟韩国人去打架捉迷藏。读古书，海鲜真不是太起眼，所谓山珍海味，无非比大鱼大肉风雅一点。对老百姓来说，能大块吃肉，大碗喝酒就行了。

直到有了北洋水师，中国政府才正式开始关注海防。在此之前，我们水师都是淡水之师，基本上在江湖上玩。唐朝有镇海将军，这节度使就驻扎在镇江。镇江的本名叫镇海，宋朝皇帝觉得此地离海太遥远了，镇海将军改名为镇江将军，可怜的宋徽宗曾经亲自统领过镇江军。

可能是宋徽宗开了个不好的头，在中国玩海军的常常没什么好结果。最看得见的例子莫过于北洋水师，喊得震天响，大把银子花了，结果呢，那叫一个惨痛，那叫一个悲凉。建个颐和园给老佛爷做寿，虽然腐败，好歹还留个公园给今天的人民看看，北洋水师啥也没剩下，除了战败的纪念。

进入民国，海军的地位并没有降低，因为按照国际惯例，要想成为强国，没有海军完全是扯淡。因此无论孙大总统，还是袁大总统，包括后来的国民政府，都很给海军面子，曾专门设有海军部。可惜我们的海军总是不争气，就跟中国足球一样，不管你如何下功夫，不管你如何有理想，它就是上不去。

有一段时期，海军部被讥为“福建会馆”。民国时期，海军方面的代表人物应该是陈绍宽，出身黄埔的桂永清始终低其一头。冯小刚拍摄《建国大业》，陈绍宽也有几个镜头，扮演这一角色的是大名鼎鼎的李连杰。

说起海军，圈内圈外有不同评价。首先它比较专业，不是什么人都能玩转，你起码得有些学历。民国时期的军队，拉几个壮丁，发几杆枪，稍稍发迹一点就是司令。有出身土匪的陆军将领，未闻有没进过水师学堂的海军舰长。其次行为方式也完全不一样，枪杆子里出政权，玩陆军的常会成为地方割据的军阀，玩海军的只能抱着中央政府的大腿，总不能在海洋上随便圈一块地方玩自治。所以，陆军的将领仿佛私营大老板，一个个全靠实力说话，凭资产玩游戏，海军是国企，国有资产，反正是有政府支撑，弄钱的手段一点也不比地方军阀差。

研究民国历史，同样是军人，发迹手段也不一样，陆军招兵买马勒饷掠民，海军只会天经地义地向政府伸手要钱。因此提起海军，往往会觉得他们更有钱，来钱来得快，谁都知道，没钱就没有海军。自清朝以来，办水师学堂，办造船厂，买兵舰军械，项目繁多，皆是无底之洞。说白了，海军是技术兵种，靠烧钱才能维持，与空军相比有过之无不及。

陈绍宽，福建人，毕业于南京的江南水师学堂。玩海军的必须福建人，民国海军有过三大派系，分别以山东青岛、福建马尾、广东黄埔为基地，无论哪一派，都是清一色福建佬。海军还有过很多学校，除了最早的马尾船政学堂，办在各地的水师学堂，无论天津南京，还是黄埔烟台威海，基本上都是闽人把持。鲁迅曾在江南水师学堂读过书，很快不干了，因为他不是福建人，没什么前途，虽然论资格还是陈绍宽的学长。

一九二八年，时任海军第二舰队司令的陈绍宽向蒋介石建议，要求建造中国的第一艘航母。按当时国力，绝对天文数字，大家议论纷纷，说什么的都有。蒋介石知道不现实，不明着反对，只能胡乱敷衍，开空头支票。作为海军元老，陈绍宽最后没去台湾，有人说，蒋不答应建航母，他的海军梦想破灭，便跟老蒋起了梁子，分道扬镳。

一九三七年抗战，中国海军重蹈北洋水师覆辙，又一次全军报销。再次证明强敌面前，海军调门虽高，也就一个摆设。可以说的只剩悲壮，陈绍宽没像北洋水师前辈那样自杀殉国，把手上本钱都砸在了江阴，用下沉的军舰把长江航道给封锁住了，这或许就是他作为海军最高将领最可歌可泣的故事。

与林虎一样，梦想破灭的陈绍宽后来走名人路线，成为统战对象，死于“文革”之中，一直享受副省级待遇，是省政协副主席。